わたしと一緒にくらしましょう

尾八原ジュージ
Juji Oyatsuhara

角川書店

わたしと一緒にくらしましょう

・目次・

プロローグ

『もしもし黒木《くろき》くん？　戻る途中で宅配ボックス見てきてもらえるかな』

　黒木省吾《しようご》が所用を終えてマンションの駐車場に車を入れた瞬間、スマートフォンに志朗貞明《しろうさだあき》から電話がかかってきた。まるで自分が戻ってきた瞬間を見計らったかのようなタイミングだと思いながら、黒木は「わかりました」と応じた。日頃から、志朗は急な来客や電話があることをよく当てる。

　オートロックを解除して建物内に入り、言われた通りに宅配ボックスを確認すると、果たして段ボール箱がひとつ入っていた。大きなものではない。黒木の片手に載ってしまうほどの小箱で、重さもあまり感じられない。

　エレベーターに乗って十階に向かう。現在黒木が勤めている志朗の事務所兼住居は、このマンションの最上階にある１００４号室にある。看板も何も出していないのに、この事務所には頻繁に客が訪れる。だから在宅中であっても、宅配便は基本的に一階の宅配ボックスに届くのだ。

1004号室の玄関に、客のものらしき靴はない。スリッパもきちんとそろっている。今は来客の狭間らしいと思いながら黒木は靴を脱ぐ。

「おつかれー」と、リビングの方から志朗の声が聞こえた。「黒木くん、送り状の送り主のところ、読んでもらっていい？」

「はい」

黒木は廊下の奥に向かって返事をした。送り状にはいかにも几帳面《きちょうめん》そうな、小さくきっちりとした文字が並んでいるが、どんなに丁寧な字でも、または雑な字でも、全盲の志朗はそれをそのまま読むことができない。

「えーと、『鬼頭雅美《きとうまさみ》』さんですね」

「ありがとう。それだ」

居室のドアを開けると、ちょうどこっちに歩いてきていた志朗と鉢合わせしかけた。

「いやぁ、これ待っとったんよ」

そう言いながら箱を受け取ると、志朗は手探りでどんどん開封し始めた。今開けるってことは仕事関係のものだな……と考えながら黒木は洗面所で手を洗い、もう一度リビングに戻ると、志朗が箱から何かを取り出すところだった。

人形だった。これといって珍しいものには見えない。最近人気のアニメキャラクターを二頭身のぬいぐるみにしたもので、クレーンゲームの筐体《きょうたい》に入っているのを見かけたことがある。仕事関係のものなら応接室に持っていくのかと思いきや、志朗は人形を持ったまま、リビングに接する洋間のドアを開けた。おそらくそちらは志朗の寝室で、仕事中に使用されることは滅多にない。

「これで七個かぁ……溜《た》まったなぁ。無事なのが七個……」

何か呟《つぶや》いているが、黒木にはさっぱりわからない。志朗に雇われてもう二年近くが経つが、黒木は志朗のことを、知っているようであまり知らない。

「今日明日様子みて……無事のままならいいかな……」

ぶつぶつ言いながらリビングに戻ってきた志朗は、例によって黒木に何か説明するわけでもない。必要ならそのうち言われるだろうと呑気《のんき》に構えていると、志朗が口を開いた。

「黒木くん、あのさ——いや、やっぱり後にしよ」

そのとき、来客を知らせるインターホンが鳴り響いた。

志朗は自らを「よみご」と称する。西日本のごく一部の地域で活動する拝み屋の類《たぐい》であるという。

彼等は皆一様に盲目で、扱うのはもっぱら凶事とされている。

みんな一緒にくらしましょう

夫と離婚した。私は幼い娘を連れて、実家に帰ることになった。

元々はふたり暮らしを始めるつもりだった。実家には両親のほか、兄夫婦と祖母が同居している。このうえ私と娘の桃花《ももか》まで住む場所はないと思った。ところが私がアパートを探していることを知った両親が「それなら美苗《みなえ》たちもこっちに来て、一緒に住めばいい」と私たちを誘った。なんでも長年暮らした家を売って、もっと広いところに移るのだという。

確かにありがたい申し出ではあった。新しい実家からも通勤は可能だし、何より大人の手が増えるのが助かる。私は約三年ぶりの職場復帰を果たしたばかりだし、桃花は熱を出しやすい子だ。

でも引っ越し先を聞いて、私は思わず逡巡《しゅんじゅん》した。「あの家」だというのである。

実家と同じ町内に「井戸《いど》の家」と呼ばれる家がある。井戸があるわけではなく、元々住んでいたのが「井戸」という苗字の一家だったからそう呼ばれているらしい。築何十年になるのだろうか、二階建ての、和洋折衷のレトロなお屋敷だ。

なんだか貴族でも住んでいそうな立派な家なのだが、実はここ、とんだ曰《いわ》く付き物件なのだ。かつてこの家では、一家心中で住人が全滅したことがある。私がごく幼いころの話だ。カルトにでもかぶれたのか、亡くなった一家は「おかしな神様」を拝んでいたと言われている。心中事件もそのカルト宗教に関係しているのだろうか？　そこまではわからないが、とにかく住人が皆亡くなったことは確かなのだ。

後には立派な邸宅が残った。何度か人が住んだがすべて居つかず、気がつくと空き家になっているというのが常態化していたらしい。一家心中の後に引っ越してきた人たちも謎の死を遂げたとか、不動産会社が拝み屋を雇ったが、家の前に立った瞬間「これは私には無理です」と断られてしまったとか――そんな噂もささやかれている。

なんと、父の退職金と兄夫婦の貯金をはたいて、その家を買ったというのだ。

「ひとつだけ注意すれば大丈夫だからって、不動産屋さんが言うから」

言い訳のように母が言うには、なんでも「入ってはいけない部屋がある」のだという。戸を開けるにしてもせいぜい一日に一度、外が明るいときに風を通すくらいにするように、と何度も念を押されたそうだ。その時点で相当不気味だと思うのだが、中古とはいえ、とんでもない格安で大きな家を購入できたのも事実だ。

しょせんは証拠のない噂話だと思う気持ちもあった。私は現実に追われていた。復帰したばかりの職場で仕事にかかっていると、事務の女の子が内線を回してきて、気の毒そうに「内藤《ないとう》さん、保育園からです」と告げる。そういう時は大抵、桃花が熱を出したという連絡で、そうなるとすぐお迎えに行かなければならない。そういうことが少なくなかった。

事情があって、離婚した夫には頼れない。急な早退や欠勤を繰り返せば、職場での肩身はどうしても狭くなる。それでも仕事を辞めるわけにはいかない。自宅では家事と育児に追われ、私はへとへとになっていた。

「その部屋にさえ入らなければいいから」

それさえ守れば、皆と生活することができる。人の手を借りることができる。

考えた末、私と娘は新しい実家に——あの家に引っ越すことになった。


「すごいでしょう美苗さん。家の中で迷子になりそうよ」

私と桃花が「井戸の家」に引っ越した日、綾子《あやこ》さんはそう言って笑った。

綾子さんは私の兄嫁だ。苗字は雛伏《ひなふし》という。兄夫婦は内藤ではなく、この苗字を名乗っている。

兄と綾子さんは両親と祖母と同居していたため、私たちよりも半月ほど先にこの家に引っ越した。彼女に会うのは何か月ぶりだっただろうか。

綾子さんは私よりも確か七歳上だが、朗らかな表情のせいか実年齢よりずっと若く見える。小柄で丸顔の可愛らしい人だ。てきぱきと動き回るのは相変わらずだが、ふっくらしていたはずの輪郭が少し痩《や》せたような気がする。急に体型のことを指摘するのは失礼だと思い、その場では何も言わなかったが、体調が悪いのでなければいいなと思った。

それはともかく、確かに綾子さんの言う通り「すごかった」。外から見たことはあったけれど、中に入ってみるとさらにすごい。昭和レトロ感漂う上品な内装は、素人目にもお金がかかったものだとわかる。部屋数も多く、ちょっとしたホテルが開業できそうなほどだ。気味の悪い噂は気になるけれど、一方でこんな家に住むかと思うと胸が躍った。

私たちの割り当てられた部屋よりも先に、綾子さんは例の「絶対に入ってはいけない部屋」を見せてくれた——といっても、もう日が暮れかけていたから、私たちが見たのは閉ざされた木の引き戸だけだ。私には何の変哲もない戸に思えたが、桃花には木目が人の顔に見えるらしく、怖がって私の後ろに隠れた。

引き戸の上部には簡単な打掛錠がついていて、他には錠前がかかっているわけでも、御札が貼られているわけでもない。ただ打掛錠は、私でも手を伸ばさないと開けられないくらいの高さについていたので、これなら桃花が勝手に開けることはないだろう、と少し安堵《あんど》した。

「ここが『絶対に入ってはいけない部屋』なんで……なの?」

私は「なんですか」と言いかけたのを言い直した。「義理だけど姉妹だから」と言って、綾子さんは私に敬語を使われるのを嫌う。

綾子さんは満足げに微笑んでからうなずいた。

「まぁ、入ったところで本当に何にもないのよ。六畳の、正方形の小さな部屋でね。畳が敷いてあるだけなの。家具も窓もないのよ。わたし、一日一回はここを開けて風を通すようにしているんだけど」

それでも足を踏み入れたことはない、と綾子さんは断言した。

「だって不動産屋さんがあんなに念を押すんだもの。気味が悪いじゃない。それにルールを破ってひどい目に遭うっていうのは、定番のホラー展開でしょ」

綾子さんは少し冗談めかしてそう言ったが、その実きちんと決まりを守っているということは、決してばかにしているわけではないのだろう。

「桃花ちゃんも、このお部屋は絶対入っちゃ駄目だからね」

綾子さんが腰をかがめて桃花に話しかけると、桃花は「こわいから入らない」と答えた。

「えらいねぇ。さ、それじゃふたりのお部屋に行きましょうか。あと水回りとか……すごいのよ、二階にもお風呂《ふろ》があるの。二世帯住宅でもなさそうなのに」

綾子さんは明るい口調で言うと、さっと引き戸に背を向け、足早に廊下を歩いていく。

「あまり働いた経験がないから」と言って卑下することもあるけれど、少なくとも私は、綾子さんを聡明《そうめい》で常識的な人だと思っている。その人がここのルールを一笑に付すことなく、真面目に守っているのには、それなりの「理由」があるのではないか——そんなことを考えながら、私は桃花と廊下の先へ進んだ。


幸いにも桃花は、新しいおうちも、環境の変化も受け入れてくれそうだった。祖父母や伯父《おじ》夫婦に囲まれて嬉《うれ》しそうですらある。

「桃花ちゃんが来てくれてよかったわねぇ。やっぱり子どもがいるっていいわね」

母は目を細めて桃花を眺めている。兄夫婦に子供がいないから、桃花は唯一の孫だ。一緒に暮らそうと言い始めたのは、孫恋しさのせいかもしれない。

その気持ちはわからないこともないが、それでも母が「お兄ちゃんのところに子どもがいないから」と口に出したときは少しヒヤッとした。食器を片付け始めていた綾子さんが、ちらりと母の方を見たような気がした。

私にはこの義姉が、子供を持たないことを気にしているのかいないのか、正直よくわからない。本人から直接愚痴を聞いたわけでなし、私の余計な心配かもしれない。それでも同世代の既婚の友人が「なかなか子供ができない」と愚痴るのを聞いているとき、私はいつもひっそりと綾子さんのことを思い出していた。

兄夫婦の結婚とタイミングを合わせるようにして認知症が進み始めた祖母の面倒を、十年近く看ているのは綾子さんだ。

「おばあちゃんは家でぼんやりしていることが多いの。本当におとなしい人だってヘルパーさんが驚くくらいなのよ。おとうさんたちもよく手伝ってくれるし、お風呂はヘルパーさんが来たときにやるからね。主な仕事はトイレと食事の手伝いくらい」

いつだったか綾子さんがそんな風に言っていたことがあるけれど、仮にそのとおりだとしても大変なことには違いない。もしも彼女が（子どもが欲しい）と思っていたとしても、その願望を叶《かな》えられる状態ではなかったのではないか。

「お兄ちゃんのところに子どもがいないから」という言葉は、もしかすると彼女にとって残酷な刃ではないだろうか——そんな心配をしてしまう。もっとも私にしたところで「うちは大丈夫だから」という両親や綾子さんの言葉を鵜呑《うの》みにして、祖母の介護にはほとんど手を貸したことがないのだから、今更心配などしたところで迷惑なだけかもしれない。

「おばあちゃんが子どもみたいなもんだからねぇ。はい、お口ふきましょうね」

綾子さんはいつの間にか視線を切り替え、祖母の介助をしている。

このところ、祖母は自分のことを小さな子供だと思っているようだ。綾子さんのことはお母さん、私のことは自分の姉だと思い込んでいるらしい。桃花のことは「しいちゃん」と呼ぶ。知らない名前だが、幼少期の友だちとでも勘違いしているのだろう。

「ももかなの！　も、も、か！」

桃花は三歳児なりに意地を見せて訂正するが、祖母は「しいちゃん」と言ってにこにこしている。

しっかり者だった以前の祖母を思い出すと寂しいけれど、穏やかな衰え方でよかった、とも思った。少なくとも罵詈《ばり》雑言を吐いたり、暴力をふるったりするタイプではなくて幸いだ。たとえ悪気はなかったとしても、そんな扱いを受ければ桃花はきっと傷つくだろう。

入浴を終えると桃花はすぐにうとうとし始め、なんとか歯磨きとトイレまで終わらせたが、割り当てられた部屋に入る前に寝落ちしてしまった。夜も遅いし、何より引っ越しで疲れたのだろう。

私も疲れていた。移動や片付けに勤《いそ》しんでいたから、もう夜の十時になる。大人が寝るには少し早いが、眠くて仕方がない。

床の上に直接布団を二組敷いた。部屋はオフホワイトの壁紙に板張りの洋間だが、ベッドだと桃花が落ちてしまうのだ。桃花を寝かせ、私も隣の布団に横になって一息ついているうちに、ついうとうとと寝入ってしまっていた。


目が覚めた。

電気を消し忘れたせいで、部屋の中は煌々《こうこう》と明るい。壁にかけた時計はもう夜中の一時近くを指している。ぼやけた頭で（歯を磨かなければ）と思った。

部屋のドアを開けてすぐのところに二階の浴室がある。そこに向かおうとしたとき、階下から何か音が聞こえた。

足音のようだった。誰かが歩き回っている。

私は布団の上で体を起こし、耳を澄ました。時計の音がやけにうるさく聞こえる。その中になお、足音らしき物音を捉《とら》えた。やはり誰かが歩いている。

隣では桃花が静かに寝息をたてている。一度寝入るとなかなか起きない子だ。私はそっと立ち上がると、つけっぱなしだった電灯を常夜灯に切り替えて、部屋を出た。

ひとつ屋根の下には私たちの他にも家族がいるのだから、足音がすること自体はおかしくない。ただその足音は、同じ場所を行ったり来たりしているように聞こえた。トイレに行きたくなったとか、何か飲みたくなったとか、そういう目的がある歩き方ではない。

（おばあちゃんかもしれない）

そう思った。たまに夜中に起きることがあるとかで、綾子さんが一緒に寝ているそうだが、彼女だって深く寝入ってしまえば、祖母が起き出しても気づかないことだってあるだろう。万が一、祖母が外に出てしまっては大変だ。

足音を殺してそっと階段を下りた。スリッパは履いていない。廊下の床を踏むと、つま先がひんやりと冷たかった。足の裏をぴったりと廊下につけ、身震いしながら耳を澄ませる。足音は暗い廊下の奥から聞こえるようだった。

私は灯《あか》りを点け、声をかけた。

「おばあちゃん？」

明るくなった廊下に人の姿はなかった。

ただ、足音は聞こえている。無造作に畳を踏むような、たし、たし、という音は、それ以外の物音には聞こえない。辺りを見回したそのとき、私の背筋に悪寒が走った。

廊下の途中に、木製の引き戸を見つけたのだ。

決して入ってはいけないと言われた、あの部屋の扉。

一度見てしまうと、足音はその部屋の中で鳴っているようにしか聞こえなくなった。引き戸に近づいて耳を傾けてみればいい。そうすれば確認することができる——そう思ってみても、足が動かなかった。

入るなと言われたあの部屋の中で、本当に何かが歩き回っていたら、どうしよう。

私は静かに踵《きびす》を返した。廊下から離れると足音は遠くなる。

祖母ではなかった。それでいいということにしよう。玄関はきちんと閉まっているし、チェーンもかけられている。私の聞き間違いかもしれない。他の部屋で鳴っていたのかもしれない。水道の配管か何かがたてる音が、足音のように聞こえることがあるのかもしれない。

足音を殺して階段を上り、元の部屋に戻った。桃花はさっきと同じ姿勢で、やはりよく眠っている。救われた気持ちになって、私は布団の中に潜り込んだ。

眠りはなかなか訪れなかった。


目が覚めるととっくに朝日が昇っていた。一足先に目を覚ました桃花が、横向きになった私の肩を叩《たた》いていた。

「おかあさん！　おきて！」

時計を見るともう九時に近い。なるほど寝坊をしてしまった、と急いで服を着替えて階下に向かった。

古い家だが、ダイニングキッチンはリフォーム済みで明るく、設備も新しいものが揃っている。大きなテーブルには朝食の支度がされており、サラダと目玉焼きの載った皿にはラップがかけられていた。

「あっ、おはよう美苗さん」

ダイニングとつながった洗面所の方から、綾子さんが顔を出した。ぱたぱたとスリッパの音をたてながら、こちらに向かって歩いてくる。

「疲れてるんじゃない？　もっと寝ててもよかったのに」

「ううん、今日中に片付けをやっつけちゃわないと」

「引っ越しって大変よねぇ。あっ、洗濯機回しちゃっていい？　普通に洗ったらまずいものとかないかしら」

すでに一度洗濯機を回した後なのだろう。綾子さんは湿った服でいっぱいの籠《かご》を抱えている。

そういえば彼女が何でもやってくれるので、めっきり家事をすることがなくなった、と母が言っていた。

「大丈夫。ごめんなさい、何でもやらせちゃって」

「いいえー、大丈夫よ。手伝ってもらうより、自分のペースでできた方が楽なの。コーヒーとかこの辺に置いてあるから適当に使って。パンはこっち。桃花ちゃんも食パンでいい？」

「しかくのがいい」

「じゃあやっぱり食パンだ。これ？　おりこうさんだねぇ」

綾子さんは桃花と、それから私に向かって笑いかけた。

「綾子さん、子供の扱い上手ね」

「そう？　むかし保育士してたからね。ちょっとの間だけど」

子どもが好きなの、と言って綾子さんは笑った。そういえばいつだったかそんな話を聞いたことがある。確か、兄との結婚に伴って退職したのではなかったか。

そのとき、廊下の奥から祖母がゆっくりと歩いてきて、綾子さんの袖《そで》をひいた。

「なぁに？　おばあちゃん」

祖母は「んー」と不明瞭《ふめいりよう》な言葉を発しながら、なおも甘えるように綾子さんの袖を引っ張る。

「わたしねぇ、洗濯物をぉ、干してくるねぇ」

綾子さんがゆっくり話しかけると、祖母は納得したらしく「うん」とうなずいて、手を離した。

とても平和だ、と思った。窓から太陽の光が差し込み、部屋中を明るく照らしている。

夜中あんなに怖ろしかったことが、まるで嘘のようだった。あの足音を聞き、階下を見に行ったこと、それら全てが夢だったのではないか。そんな気さえした。

洗顔や朝食などを済ませ、荷物の片付けにかかった。桃花は私の周りを暇そうにうろうろしており、こう言ってはかわいそうだがいささか邪魔だ。「下でテレビでも観てる？」と聞くと、「おかあさんがいい」と首を振る。

まぁ、この広い家の中でひとりになりたくないというのもわかる。父と母はそれぞれ出かけているし、綾子さんはなにかと忙しい。祖母は子供に返ってしまっているし、兄はまだ寝ているようだ。そもそも兄は、すすんで子供の世話を焼きたがるような人ではない。

作業はひどくゆっくりと進んだ。幸い早めに探し当てたおもちゃの箱を与えると、桃花はそちらをかき回し始め、おかげでペースを上げることができた。しばらく片付けに没頭していると、ふと「おとうさん」という声が私の耳に届いた。

「なに？　ああ、これか」

桃花が手に持っていたのはお絵描き帳だった。白い紙の端に、不格好だが一応それとわかるうさぎが描かれている。私ではなく、別れた夫が描いたのだ。

私は夫の人の好さそうな顔を思い出していた。「いいお父さん」と言われるような人だった。

桃花をお父さんと引き離してしまったことは、この子にとって残酷だっただろうか。

絵に描いたような平凡で、幸せな家庭だったと思う。

夫が痴漢で捕まったと聞いたときは、冤罪《えんざい》に違いないと考えたものだ。

それが常習的なものらしいとわかってきたときも、夫のパソコンから制服姿のまだ幼いといっていいような女の子たちの盗撮画像がでてきたときも、誰かの陰謀ではないかと疑ったり、悪い夢を見ているのではないかと思ったものだ。

ところがある日突然、スイッチが切り替わったかのように、私の脳がそれらの証拠を受け入れるときがやってきた。ひどい吐き気がこみ上げ、家族写真を眺めながら私は嘔吐《おうと》した。

そして、この男から桃花を永久に引き離さなければならない、と決めた。

自分の父親がやったことを、桃花はまだ何も知らない。何も知らないから、私はうさぎの絵を彼女から取り上げることができない。

でも今夜、桃花が眠ったら、私はあの絵を破って捨てるだろう。あの男への思慕など、娘の心の中に残しておいてはいけない。

片付けの成果として、何枚かの畳んだ段ボール箱ができあがった。私はそれらを束ね、一階に運んだ。ガレージの中の小さなプレハブ倉庫に溜めておいて、回収日に捨てるのだそうだ。実家の引っ越しで出た分は引っ越し業者が持って行ってくれたらしいが、私たちが利用した業者にそのオプションはなかった。

ガレージもなかなか広い。父と兄の車が並んで停まっているほか、母が若い頃から趣味で乗っているバイクまで仕舞われている。バイクにはカバーがかけられていた。近くの棚にあったガソリンの携行缶を持ち上げてみると、どうやら中身が入っているようだ。しばらく乗る予定がないのだろう、タンクからガソリンを抜いてあるらしい。

棚には工具箱や、庭木の手入れのために買ったらしい園芸用の鋏《はさみ》も置かれている。念のため桃花には、一人でガレージに入らないよう伝えておいた方がいい。万が一バイクを倒したり、ガソリンや刃物に触ったりしたら大変だ。

段ボールを片付けて勝手口から家の中に戻り、二階に上がろうとしたとき、私はぎょっとするようなものを見て思わず足を止めた。

廊下に綾子さんが立っている。そして、彼女の眼前であの「入ってはいけない部屋」が戸を開けている。

ふとそれが、ぽっかりと開いた巨大な生き物の口のように見えた。

「――ああ、美苗さん」

そう言いながら綾子さんがこちらを向いた。

私はようやく彼女の話を思い出した。確か、明るい時間帯に空気を通すのが日課だと言っていたではないか。部屋の戸が開いていたって何もおかしくはない。

「中見てみる？　ほんとに何もないけど。今閉めるところだったのよ」

何気ない口調で綾子さんは言った。

躊躇《ちゅうちょ》した。でも、ここに何があるのか知っておきたい気持ちもあった。なにせ、桃花がこの家で暮らすのだから。何か危険があるとしたら、できるだけ把握しておきたい。

それに、昨夜の足音の正体もわかるかもしれない。

「じゃあ、ちょっとだけ」

そう言って横から覗《のぞ》くと、確かにそこは何もない部屋だった。奇妙なものだ。白い箱のような空間に畳だけが敷かれ、他には家具も、窓すらもない。当然ながら、足音に似た音をたてそうなものもなかった。

「ね？　変な部屋でしょ」

綾子さんは苦笑すると引き戸を閉め、打掛錠をしっかりとかけた。そのとき、階段から足音が聞こえてきた。ようやく兄が起床したのだ。

「あら、圭《けい》さんだ。もうお昼ご飯のほうが近いのに」

笑いながら、綾子さんはキッチンの方に歩き去っていった。

その日一日を費やし、ようやく引っ越しの片付けにケリをつけることができた。いらないものはかなり捨てたはずだけど、それでも荷物は多い。

布団の中で桃花を寝かしつけながら、私の気がかりはやはり綾子さんのことだった。

片付け作業の間、彼女は何度か私の様子を見にきて、「手伝うことある？」だの「お茶いれたから休憩しない？」だのと声をかけてくれた。そのこと自体はとても嬉《うれ》しいのだが、心配でもあった。気楽な専業主婦だから——と言いつつ、彼女は一日中コマネズミのように動き回り、働いている。どうもほとんどの家事を、彼女ひとりが受け持っているらしいのだ。

七人の人間がこの家に暮らしている。そのうちひとりは自分の世話もままならない高齢者、もうひとりは幼い子供だ。兄はもちろん、父も母もそれぞれ退職後に再就職をし、日中は家にいないことが多い。やはり綾子さんに負担がかかりすぎているのではないか？　そう思えてしまう。

そろって夕食をとる家族は皆楽しそうだった。絵に描いたような一家団欒《だんらん》の姿だ。それでもその光景が、誰かひとりの我慢によって成り立っているのだとしたら、それは歪《いびつ》だ。

おまけにこれからは桃花の世話すらも彼女の負担になる。実家の近くの保育園には満二歳児のクラスに空きがなく、これまで平日は毎日保育園に通っていた桃花は、今後は家でお留守番ということになる。もちろん事前に話しあってはいるけれど、祖母もいるのに本当に大丈夫だろうか？　それでもこうなったからには、綾子さんの「いいよ～全然大丈夫」に甘えるしかないのだ。日中外に働きに出ている私には、彼女に手を貸すことが難しい。

実際、昼近くなって起きてきた兄に「もう少し早起きして家のことをやったら？」と私が言ったとき、兄はこう答えたのだ。

「休みの日くらい寝かせろよ。綾子はそれでいいって言ってるんだから」

それからは私が小言を言っても、まるで聞く耳を持たなかった。

そもそもはこの兄が、たまたま実家の近辺を訪れていた綾子さんに一目惚《ぼ》れしたのだそうで、かなり押して交際にこぎつけたらしい。結婚式のスピーチで「この人と結婚する運命だと思った」なんて恥ずかしげもなく話していた姿を覚えている。そんなに好きな人ならもっと大事にすればいいのに――などと考えてしまうのは、余計なお世話だろうか。


寝入ってしまった桃花の横顔を見ながら、私は考えた。

(私たちは本当にこの家にやってきてよかったのだろうか？)

市役所で転居の手続きを済ませ、引っ越しの荷物をといて、それでもなおそんなことで悩んでいる。よかったとか、悪かったとかじゃない。「これでよかったんだ」と後で思えるように、これからやっていかなければ。

私はそっと布団を抜け出すと、桃花のお絵描き帳から夫の絵を破り、くしゃくしゃに丸めてゴミ箱に捨てた。

深く眠っていたはずなのに、ふと目が覚めた。

あたりは真っ暗だ。枕元の目覚まし時計を見ると、まだ夜中の二時だった。

疲れているはずなのに、どうして夜中に目覚めてしまうのだろう。もう日付のうえでは月曜日、仕事がある日だ。慣れない環境で緊張しているのだろうか。

もう一度眠らなければと思って体を動かし、布団を上に引っ張りあげた。

隣に桃花がいないことに気づいたのは、そのときだった。

私は慌てて起き上がった。

「桃花？」

布団をめくり上げる。いない。立ち上がって部屋の灯りを点ける。

いない。

念のため押入れの中も覗いてみたが、やはり桃花の姿はなかった。

桃花は怖がりだ。こんな広い家の中を、真夜中にひとりでうろうろするなんてあの子らしくない。もしおねしょをしてしまったとか、何かのっぴきならない事情があったとしても、まずは私を起こすはずだ。

私はドアを開け、足音を殺しながらも急いで階下に下りた。何の疑いも持たず、細い廊下を目指す。私の頭の中には、あの「入ってはいけない部屋」があった。根拠はない。桃花はあの部屋を怖がっていたはずだし、真夜中にあんなところに行くなんて考えにくい。それでも「あそこにいる」と思った。

灯りを点けると、廊下の先に小さな姿があった。

「桃花！」

桃花は右手を半ば上げ、空を軽く握ったおかしな姿勢で、閉ざされた引き戸をじっと見つめていた。私の声を聞いたとたん、その肩がびくんと跳ねた。顔がこちらを向く。大きく目を見開いた顔から、さっと血の気が失せた。続いて右手、私とは反対側の方を向き、それから声を上げて泣き始めた。

「桃花！」

私が駆け寄ると、桃花は必死にしがみついてきた。顔を押しあてられた肩が、見る見る涙で湿っていく。

私は引き戸を見た。やはりしっかりと閉じられている。錠もちゃんと閉まっている。よかった、と胸を撫《な》で下ろした。この部屋に桃花が入ったのではなくて、本当によかった。

桃花を抱き上げると、二階の部屋に戻った。戻る頃には桃花の様子もやや落ち着き、泣き声も止んだ。

「どうしてひとりであんなところに行ったの」と私が尋ねる前に、桃花は「おかあさんがいこうっていったの」と言った。

「おかあさんといったの、おかあさんが」

「私？　桃花、おかあさんってお母さん？」

わけがわからないままにそう尋ねると、桃花は大きくうなずいた。

冷たい手で背中を撫で上げられたような悪寒が私を襲った。

私はさっきの桃花の、不自然な姿を思い出していた。右手を半ば上げ、軽く握ったようなあの格好は、私にもなじみ深いポーズだった。

あれは、誰かの手をつかんでいるときの姿だ。

「おかあさんがいこうっていったの」

桃花がもう一度泣き始めた。

私は小さな体を抱きしめていることしかできなかった。


桃花を抱っこしたまままいつの間にかふたりとも眠ってしまい、夜が明けた。

おかしな姿勢で寝ていたから背中が痛いし、疲れもとれていない。それでも今日は月曜日で、仕事に行かなければならないのだ。離婚や引っ越しに関するあれこれのおかげで、有給休暇はもうほぼ残っていない。

それでも起きるなり「おかあさん、しごとおやすみして」と桃花に言われたときは応《こた》えた。きっと怖かったのだろう。でも、あれはどういうことだったんだろうか。

おかあさんがいった、とは。

桃花の言葉はまだ拙いけれど、日々聞いている私は大抵理解することができる。おそらく、誰かが桃花をあの部屋に連れて行ったのだ。彼女の言葉によれば「おかあさん」——つまり、私が。

身支度をしながら、改めて背中が冷たくなった。私のふりをする何かが、桃花を呼びにきたということだろうか？

案の定、桃花は私と別れるのを嫌がった。綾子さんが半ば強引に抱き上げ、「大丈夫！　おばちゃんとお人形さんで遊ぼうか」と気を逸《そ》らそうとする。祖母は困った顔でしきりに「しいちゃん」と呼びかけていた。私は「またね」と手を振って、後ろ髪を引かれる思いで車に乗り込んだ。

職場から何度か綾子さんの携帯に電話をかけた。彼女はそのたびに対応してくれ、「今ご飯食べてるところ」とか「お昼寝してる」などと報告もしてくれた。意外なことに、祖母と仲良くやっているようだ。

『おばあちゃんと人形で遊んでるの。お友だちみたいな感じなのかしらね』

綾子さんはそう教えてくれた。『その間に色々できるから助かっちゃう。桃花ちゃんが来てくれてよかったわ』

集中して仕事を終わらせ、定時を少し過ぎてから退社した。帰宅すると桃花が飛びついてきた。その後ろから綾子さんが歩いてきた。

「桃花ちゃん、とってもいい子にしてたから安心して」

にこにこしている綾子さんに、私は尋ねた。

「あの、桃花、あの部屋には行かなかった？　入っちゃいけない部屋に……」

「ん？　行ってないと思うけど……桃花ちゃん、行かないよね？」

桃花は力強くうなずいた。「こわいからいかない」

「――だって。やっぱり美苗さんも気になる？　あの部屋のこと。まぁ、気にならない方がおかしいよね」

綾子さんは苦笑している。

私は意を決して、「あの」と話しかけた。平日に桃花を看てくれる人だし、あのことを話しておいた方がいいだろうと思ったのだ。

「ゆうべ、こんなことがあったんだけど――」

私の話を聞き終わった綾子さんは「やだ、ほんとに？」と言って顔をしかめた。

ほんとに、と言いつつ、私の話を頭から疑っている様子ではない。とはいえ超常現象を肯定するわけでもなく、

「桃花ちゃん、寝ぼけちゃったんじゃないかしら」

と言った。

「小さい子でしょ。環境がガラッと変わったら、どうしたってナーバスになると思うの。そしたら、変な夢を見ることもあるんじゃないかな。そのうち落ち着くと思うけど……わたしも気になることがあったら、美苗さんに報告するね」

「そう――かも。ごめんなさい、お世話かけて」

「いえいえ。気にしないで」

信じてもらえたかはわからない。でも、とにかく話を聞いてもらえてよかった、と思った。

そのとき玄関の引き戸がカラカラと音をたてた。両親が仕事から帰ってきたらしい。

「そういえば圭さん、今日遅いみたい。みんな揃ったからご飯の支度を終わらせちゃいましょうか」

綾子さんはそう言って立ち上がった。

桃花はお気に入りの大きなうさぎのぬいぐるみを抱っこしながら、私の膝《ひざ》の上で、私たちの話を黙ってじっと聞いていた。


疲れてはいたが、食後の片付けくらいはやった方がいいだろう。そう思ったのに、シンクの前に立った私を見た綾子さんは「いいからいいから」と、私からスポンジを取り上げてしまった。

「美苗さん、今日は疲れたでしょ。桃花ちゃんと一緒にリビングで遊んでて」

「いいの？　全部お願いしちゃって」

「いいのいいの。じゃあ、ついでにおばあちゃんも見てあげて」

「いつもこんな感じなんだよ」と父が言った。「家のことは、綾子さんが何でもやっちゃうから」

「そうよ〜、おうちのことはわたしに任せて。その代わり皆さんには外で稼いできてもらいますからね」

綾子さんはお皿を洗いながら朗らかに笑った。

リビングで桃花を膝にのせてお絵描きをさせながら、私は両親に「ちょっと綾子さん、大変すぎじゃない？」と話しかけてみた。

「いくら働いてないって言っても、この大きな家の掃除に、全員分の洗濯に、料理もするでしょ。おばあちゃんの介護も綾子さんがメインだし、桃花の面倒だって」

こうやって挙げてみると、とにかくタスクが多い。いくら祖母がおとなしくて手間がかからないと言っても、すべてをこなすには一日中ほとんど休まず、動き回っていないとならないのではないか。

両親は顔を見合わせた。母が私に言う。

「それね、私も何度か聞いてみたんだけど、綾子さんがとにかくそれでいいって言うのよ。自分のペースでやりたいって」

父もうなずく。でも、と渋る私に、母は「あのね美苗。私、この家で一度もご飯作ったことないの」と言った。

「鍋《なべ》も菜箸《さいばし》も包丁も、どこにしまっているのかすら知らないのよ。自分の家の台所なのに、何にもわからないの。綾子さんが全部仕切って、全部やってしまうの」

言い方に恨みがましさを感じて、私は喉《のど》の奥になにかつかえたような気分になる。「そんな不満があったのか」という同情に近い気持ちと、「そんな風に言うことないじゃない」という咎《とが》めるような気持ちに挟まれて、うまく言葉が出てこない。取り繕うように父が口を挟んだ。

「まぁ、綾子さんも困ったら相談してくれるだろうから。きっと大丈夫だよ」

「……そう」

少し消化不良な気はするが、これ以上むやみに問い詰めるのもよくないだろう。本当に綾子さんが「これでいい」と思っているのなら、余計なお世話になってしまう。私がピリピリしたのを感じたのか、桃花が私の手をつついて「おかあさん」と呼んだ。

「なに？」

「けんかしない？」

「けんかじゃないよ」

離婚騒動以来、桃花は争いの気配にひどく敏感になった。少しでも不穏なものを感じると、落ち着かなくなってしまうらしい。いけない、これでは今夜も悪い夢を見てしまうかもしれない。

祖母は私たちのことがまったく気にならないような顔をして、のんびりテレビを観ている。桃花がそちらを見て「ねこちゃん！」と声をあげると、祖母も「ねこちゃんねぇ」と返した。テレビは地域のニュースを流しており、駅前の看板猫がいる喫茶店が映っている。

「桃ちゃんも、もうちょっと大きくなったらこういうお店に行けるかな？」と母が桃花に話しかけ、家事分担の話はそこで終わってしまった。

その夜、私は寝る前に桃花に念を押した。

「いい？　夜中にお母さんが桃花を起こして『どこかに行こう』って言うことはないからね。

特に、あの一階の入っちゃいけない部屋に行こうって言うことは、絶対にないから」

「うん」

桃花は真剣な顔でうなずいた。

夜中に目が覚めませんように、と願いながら、私たちは眠りについた。


意外なことに、それから十日ほどが何事もなく過ぎた。真夜中に足音が聞こえることも、何かが桃花を連れ出しにくることもなかった。

引っ越しの疲れが出たのだろうか、週の半ばに桃花が熱を出した。私は改めて、同居する家族のありがたみを思い知った。以前なら、私が休みをとって看病しなければならなかっただろう。もしくは、自宅からも職場からも離れた、病児保育を行っている施設に預けにいくか。そこだって必ず預けられるとは限らない。すぐ定員オーバーになってしまうのだ。

でも、今は綾子さんが家にいる。父や母も、仕事が休みの時は頼ることができる。気まずい思いをして、会社に突然の欠勤連絡をせずに済む。そのことがどれだけ救いになっただろう。

緊急時だけではない。仕事を終えて帰宅した後、ほとんど家事をしなくていいということも、私の負担をぐっと軽くした。帰ると温かい食事が用意されていて、家の中も居心地よく整えられている。昨日着たものはきちんと畳まれ、自室にまとめて置かれている。私は昼間会えなかった分、桃花の面倒を看ていればそれでよかった。

両親や兄が言うとおり、綾子さんは家事に手を出されるのが苦手らしい。何でも手際よくこなしてしまい、私などは手伝う隙がない。それでも申し訳ない気持ちがぬぐえない私に、綾子さんは「美苗さんには、お外で馬車馬のように働いてもらわなきゃならないからね〜」と、わざと意地悪らしく言って笑った。

あの部屋のことは相変わらず気がかりだった。それでも「やっぱりこの家に引っ越してきてよかったかもしれない」と思い始めていた。

そんな折のことだった。

真夜中、目が覚めた。桃花が私を揺さぶっている。

「どうしたの?」と尋ねて答えを聞かないうちに、すぐに何があったのかわかった。

足音がする。

それもかなり大きい。どんどんと荒々しく床を踏み鳴らすような音が、下の方から響いている。その時になって初めて、この部屋はあの「入ってはいけない部屋」に近いのだと思い当たった。真上ではないが、かなり近い。

「こわい」

桃花が私に抱きついてきた。「おこってるみたい」

私もその足音から、誰かの怒りの感情を読み取っていた。

確認しに向かうことなど思いもよらなかった。私たちはまた、抱き合ったままで朝を迎えた。

いつの間にか明るくなった窓の外を見ながらぼんやりと目を擦っていると、桃花がぴょこんと起き上がった。

「もう音しないねぇ」

桃花の声に私も「そうだね」と答えた。

「ちょっとお外出てみようか……綾子おばさんがもう起きてる頃だし」

「うん」

引き戸を開けると、ちょうど目の前の廊下に何かが落ちていることに気づいた。

人形だった。女の子をかたどった、布製の素朴なものだ。祖母のものだろうか……一瞬躊躇したが、私は人形を拾いあげた。

「やだっ」

思わず口から悲鳴のような声が漏れた。

拾いあげた人形の首が、手の中からぽろりと落ちた。人形の頭部は、まるで力まかせに引きちぎられたようになっていた。

私の腰に小さな手が回された。桃花だ。私が何も言わないうちに、桃花はぽつりと泣きそうな声で呟いた。

「やっぱりおこってたね」

人形はこっそりと捨てた。厭《いや》だったのだ。あれについて人を呼ぶのも、誰かに話すのも厭だった。とにかくどこかにやってしまいたかった。色付きのレジ袋に入れ、少し迷って通勤用のカバンに入れた。ゴミの日は明日だ。家の中のゴミ箱に捨てたら、明日まで同じ屋根の下で過ごさなければならない。出勤の際に持って出て、どこかに捨てようと決めた。

桃花がしゃがんでいる私の背中にしがみついて「おしごと休みにして」と泣き声を出した。ごめんね桃花、行かなきゃお仕事クビになっちゃうんだよ。「いってきます」の言葉がなかなか口から出ず、私は声を殺して泣いた。

なんとか家を出た。人形は通りがかりのコンビニに寄った際に、「もえるごみ」と表示されたゴミ箱の中に放り込んだ。

それから真夜中になると、また足音が聞こえるようになった。耳を澄ましていると、階下で同じところをぐるぐると回っているらしいのがわかる。きっとあの部屋の中だ、という確信がある。

桃花はおねしょをするようになり、以前よりも暗がりを怖がるようになった。眠るときも灯りを点けっぱなしにしておくため、私の眠りが浅くなった。それでも真夜中、目を覚ました桃花に泣かれるよりはましだった。

「ねぇ、足音がするでしょ」

あるとき、母が私にそう尋ねた。「二階でも聞こえる？　夜中になると……」

私は首を横に振った。「聞こえない。何の話？」

「だから足音よ。桃ちゃんだって――」

「やめてよ」私は母の言葉を遮った。「私たち、ここで暮らしてかなきゃならないんでしょう？　再就職で収入が下がって、貯金もほとんど使っちゃって、今まで住んでた家だって売っちゃったんでしょう？　だったらやめてよ。足音なんか聞こえない」

思わずきつい口調になってしまう。母は私の顔から目を逸らし、口をつぐんだ。

足音のことも、人形のことも、私は誰にも相談しなかった。両親にも兄にも、綾子さんにも一言も言わずにおいた。桃花にも「だれにも言っちゃだめだよ」と釘《くぎ》を刺した。

怖かったのだ。

何かがこの家で起こっているということを、認めてしまうのが怖かった。

仮にこの家を出て行ったとして、どうなるだろう？　桃花とふたり暮らしを始めたとして、もしもあの子が熱を出したら、誰が面倒を看るのか？　こんな中途半端な時期に入れる保育園があるだろうか？　家賃や光熱費だって今よりもっとかかる。それに、元夫が何かしてこないとも限らない。もちろん、両親や兄夫婦をこの家に残していくことだって気がかりだ。

今、この家を出て行くことは難しい。だったらあの部屋のことなんか、気にしていてはいけない。

あの部屋のことさえなければ、私たちは幸せなのだ。

「内藤さん、最近顔色悪くないですか？」

あるとき、他部署の女性社員にそんなことを聞かれて、気が塞《ふさ》いだ。彼女が悪いわけではないし、気遣いはありがたい。ただ、普段あまり関わりのない人にすらそんな風に見えるのか……と思うと応えた。寝不足は相変わらず続いていた。

普段より疲れて帰宅すると、いつものように桃花が飛びついてきた。祖母はリビングで折り紙を折っている。手が覚えているのだろうか、意外なほどきれいな形の鶴や紙風船がテーブルの上に並んでいた。

「美苗さん、おかえりー」

綾子さんが明るい声をかけてくる。「疲れたでしょ。あったかいお茶でも飲む？」

「じゃあ、着替えてきてから」

階段を上りながら、やっぱりいいな、と思う。帰ってきたら「おかえり」と言ってもらえて、お茶なんか出てきて、キッチンからはいい匂いがして。ここがこの家でなければもっといい。

例の部屋のこともあるが、この家はとにかく広すぎる。七人家族が暮らしていてさえ、まだ使っていない部屋があるのだ。客間ということになっているが、そうそう泊まりがけの来客などあるものではない。実質ただの空き部屋だ。

人の目の届かない場所があると思うと、何だか落ち着かない。家の中だけではない。庭も広くて、ふとした瞬間、植木の影などに誰か潜んでいそうな気さえする。

着替えを済ませて一階に戻った。リビングでは桃花と祖母がまだ折り紙に勤しんでいる。空いた椅子にはうさぎのぬいぐるみが座らされている。綾子さんはキッチンにいるようだ。つかの間の平和な光景に心が和んだ。

そのとき、リビングに置かれた固定電話が鳴った。

仕事中のくせが出て、反射的に受話器をとってしまった。とってからディスプレイに「非通知」の文字を見つけ、ああセールスとかだったらいやだな、と後悔した。

受話器の向こうは無言だった。セールスにせよ宗教にせよ、相手が出たら話し始めるはずだ。しばらく待つが応答はなかった。

「あの」

思い切って声をかけると、電話は切れた。

胸の中に不吉な気持ちがぶり返してくるのを、私はどうにもできなかった。


「ああ、無言電話ね。この家に引っ越してきてから、時々あるのよ」

そう言ったときの綾子さんは、びっくりするくらい平気そうな顔をしていた。ダイニングテーブルについてお茶を飲みながら、私は彼女に、さっきの無言電話について話していた。綾子さんはキッチンで野菜を切っている。

「そうなの？」

「うん。まぁただのいたずらだろうから、無言だなと思ったら切っちゃうの」

おっとりしているように見えて、この人はなかなかメンタルが強い。

「あっ、でも」

と、なにか思いついたらしい綾子さんの顔が、急に曇った。

「何か思い出した？」

「いえ……あの、こういうこと言われたら嫌かもしれないんだけど」

綾子さんはちらっとリビングの方を見た。開け放した引き戸の向こうで、桃花が折り紙をしている。綾子さんは調理の手を止めると、私の近くにやってきて声をひそめた。

「無言電話だけど……もしかしたら美苗さんの元旦那《だんな》さんじゃないかと思って」

背中を冷たい手で撫でられたような気分だった。綾子さんは私の顔を見て、「変なこと言ってごめんなさいね」と謝った。

「ううん、そんな——むしろ、ありうると思う」

認めたくはないが、無視することもできない考えだ。この家に住む誰かに敵意を抱いている人物の仕業だとすれば、それが私の元夫である可能性は決して低くない、と思う。

もしも桃花を連れ出されたりしたら……と思うとぞっとする。桃花にとっては、ついこの間まで一緒に暮らしていた自分の父親なのだ。声をかけられたら、ついていってしまうかもしれない。

「大丈夫、美苗さん！」

私の表情がよほど思いつめていたのだろう、綾子さんが慌てて言った。

「日中は気をつけておくから。警備会社とも契約してるし、それにわたし、人の顔を覚えるのが得意なの。保育園で働いてた頃も、保護者の顔を覚えるのは早かったしね。桃花ちゃんにも、わたしに黙ってどこかに行ったら駄目だよって言ってあるの。呼びにきたのがお父さんでもお母さんでも、おばちゃんに声をかけなきゃ駄目よって」

綾子さんが「お母さんでも」と教えてくれていることがありがたい。いつかの真夜中、私の姿を借りた何者かが、桃花を呼びにきた――あの夜の恐怖はまだ鮮明に覚えている。

「わたしだって桃花ちゃんが危ない目に遭ったら嫌だもの。もちろん美苗さんもね」

そう言って綾子さんは、私の手に自分の手を重ねた。

「でもきっと大丈夫よ。家族みんなでいればね」


兄が帰宅したのは夕飯の後だった。キッチンから綾子さんが玄関に向かう足音が聞こえた。

「おかえりなさい。お疲れ様」

「うん、ただいま」

リビングの引き戸の向こうを、ふたりの影が通りすぎる。

「お風呂？　それともなんか食べる？」

「んー、なんか軽めに食べられるものある？　風呂は後でいいや」

世話を焼かれる兄の姿を見ていると、私の結婚生活にああいうシーンはなかった、などと思い出してしまう。それが悪いことだとは思わない。ただ思い出すと辛《つら》い。あの頃は本当に、平和そのものの家庭を築いていると思っていたのだ。

「おい」

リビングの戸が開いて、兄が顔を出した。あまり子供好きな人ではないが、桃花に「おじちゃん」と呼ばれると、さすがに少し表情が緩むようだ。

「ちょっと」と手招きするのに呼ばれて廊下に向かうと、小声で「ゼリーいくつか冷蔵庫に入れてきたから、都合のいいときに食べな」と言われた。夜遅いから、桃花の耳に入らないよう気遣ってくれたらしい。

「ありがとう、明日もらうね。急にどうしたの？」

「いや、お礼。桃花ちゃんが来てから綾子が明るいんで」

「そう？　だったらいいけど」

やはり兄も、兄なりに綾子さんのことを気にかけてはいるのだろう。平日はあまり家にいないし、休日も何か手伝うわけでもないが、それでも綾子さんといるときの兄は表情が違う、と思う。うまく表現できないけれど、とにかく幸せそうに見えるのだ。

「綾子ってさぁ」

兄が急に声のトーンを落とした。一度唇を結んでもごもご動かす。昔から言いにくいことがあるときの癖だ。

「何よ」

「いや、その。綾子って子供は好きなんだけど、そのー、色々あってさ。妊娠は難しいんだ」

胸を突かれるような思いがした。

兄はそこで言葉を切ったきりだ。綾子さんに具体的にどんな事情があったのか、兄は私に話さないつもりらしい。私もあえて聞こうとは思わなかった。綾子さんは私の義姉ではあるけれど、それでもプライベートな部分に、迂闊《うかつ》に踏み込むことは避けたかった。

何があったにせよ、子供が産めないことは、綾子さんにとって辛いことだろうと想像がつく。子供好きな彼女のことだ。忙しいなかで桃花の面倒をよく看てくれるのも、綾子さんにとってはむしろ慰めなのかもしれない――そう考えてしまうのは、私の勝手が過ぎるだろうか。

そのとき、当の綾子さんがリビングにやってきた。

「圭さん、洗い物するから、お弁当箱出してくれる？」

綾子さんのいつもの朗らかな笑顔が、今は少し違ったものに見える。気の毒に思いながらも、私はふと、安堵を覚えている自分に気づいた。

「美苗さん、よかったらお風呂入っちゃって。桃花ちゃんと一緒に入るでしょ？」

「ああ、うん！　ありがとう」

綾子さんに声をかけられて、内心どきりとしながらも立ち上がった。

桃花の髪を洗いながら、ふと、私はさっきの安堵の正体に思い当たった。

私は綾子さんに子供ができないことにほっとしたのだ。彼女の年頃で妊娠・出産する女性は決して珍しくない。

もしも綾子さんに赤ちゃんができたら、今までのように桃花や祖母の世話はできなくなるだろう。家事だって普段どおりにできるかわからない。妊娠中は体調を崩しやすいものだし、産後は赤ちゃんのお世話で家事どころではなくなる。

もしそうなったら、これまで綾子さんが担っていた家内の仕事を、誰かがやらなければならないのだ。場合によっては、これまでのように働けなくなるかもしれない。私は心のどこかで、そのことを恐れていた。

「おかあさん、どうしたの?」

桃花が心配そうに私を見つめている。

「なんでもないよ」

私がこんな身勝手なことを考えていたと、桃花に知られたくなかった。

その日の夜中も、歩き回る足音は聞こえた。聞き慣れてきたのだろう、初日のような恐怖はなく、ただ耳障りだと感じた。

私は布団をかけ直し、無理やり目を閉じた。

次の日は土曜日だった。

私は桃花に起こされ、庭でいっしょに散歩することになった。本当はもっと寝ていたかったけれど、娘と一緒に過ごす時間もとらなくてはならない。桃花は庭の花をとっては、私のところに運んでくる。「これなに?」「これなに?」と尋ねてくるが、私には花の名前がほとんどわからない。ただ、「何だろうね」とか「きれいだね」と答えるだけでも、桃花は満足そうだ。

開け放たれた窓の向こうからは、「おばあちゃん、あの子はしいちゃんじゃなくてぇ、も、も、か、ちゃん！　ですよー」という綾子さんの声が聞こえる。きっと、祖母と話しているのだろう。祖母は相変わらず桃花のことを、昔の遊び友達か誰かだと思いこんでいるようだ。

心地のいい風が吹いた。いい季節だ。もう少し経てば、暑さが勝って外遊びも辛くなる。私は手元に置いていたデジタルカメラを桃花に向け、シャッターを切った。

「あっ」

聞き慣れない女性の声がした。

門扉の向こうに女の人が立っていた。綾子さんよりももっと小柄な人だ。真っ黒な髪を肩まで伸ばし、化粧っ気のない顔に黒縁眼鏡をかけていて、年齢がよくわからない。地味な色のシャツと長いスカートを穿《は》き、こちらを見つめている。

「何かご用ですか？」

私はとっさに声をかけながら彼女に近寄った。見覚えのない女性だ。少なくとも近所の人ではないと思った。女性はおどおどと震えながら、それでも用事があるのか、「あのっ、あのっ」と繰り返す。

「何かごよ……」

もう一度問いかけた私の腕を、突然門扉ごしに彼女が摑《つか》んだ。

「なんでっ、な、なんでこんな、ひ、人がいるんですか⁉　わ、わたし、駄目だったのに、駄目ですって言ったのに、なんで人が住んでるんですかっ！」

幕間　サンパレス境町1004号室

地下鉄の駅から徒歩八分、賑やかな通りを少し外れた住宅街にそのマンションはある。名前は「サンパレス境町《さかいまち》」。十階建てでまだ新しく、オートロックを備え、管理人も常駐している。間取りや設備、周囲の環境から考えても、もともとファミリー向けの物件として建てられたものだろう。単身で住んでいる男性はきっと少数派だ——黒木はたまにそんなことを考える。

彼がこのマンションの十階にある志朗貞明の事務所に通うようになってから、そろそろ二年が経とうとしている。

それよりも前、黒木はごく普通の会社勤めをしていた。ところがその会社が突然なくなり、後日たまたま知人に志朗を紹介された。以来、彼のボディガード兼雑用係のようなことをやっている。

二年前の自分とはまったく違う世界に片足を突っ込んでいる、そんなふうに思うこともある。少なくとも志朗に出会う前、彼は霊感とか呪いとかいうものをあまり信じてはいなかった。

だが、今は違う。

「おはよう黒木くん。今日もよろしく」

１００４号室のドアを開けた志朗のことを、黒木は相変わらず知っているようでよく知らない。

二十八歳の自分よりもいくつか年上らしいが、おそらくさほど離れてはいないだろう。が、頭髪は完全に真っ白になっており、それを伸ばして後ろでひとつにくくっている。両目は閉じられ、そのせいかいつも笑っているように見える。平均よりは背が高いが、黒木と比べると十センチ以上低い。そもそも黒木は、巨軀《きょく》と強面《こわもて》を買われてここに雇われている。身長一九〇センチ、体重は最近一一〇キロ台に乗った。縦も横も、自分より大きい人にはなかなかお目にかかれない。

「今日、ちょっと色々雑用頼むけどいい？　まぁいつも頼んでるけど」

と言う志朗の言葉には、西の方のアクセントが残っている。

「いいですけど、わざわざそういう風に言うの珍しいですね。雑用ってなんですか？」

そう返しながら、廊下に置かれた段ボールの束に黒木の目がとまった。引越業者のロゴが印刷されている。その様子をまるで見たかのように、志朗が言った。

「引っ越すから、ここ」

「えっ、急ですね」

「昨日決めたけぇ。明日から業者の人が入って荷造りから何から全部やってくれるんだけど、自分でまとめたいものは今日中にやらなきゃならないから、黒木くんに手伝ってもらおうかなって」

「明日ですか？　本当に急だな……どこに移るんですか？」

内心（遠いと嫌だな）と思った。急に言い出すくらいだからよもやとんでもない遠方ではなかろうが、黒木の現在の住まいとこのマンションとは徒歩の距離である。通勤が楽なのだ。

志朗は右足でトントンと床を踏んで鳴らした。

「ここの真下。９０４号室」

この家にいればきっと大丈夫

私は突然のことに混乱した。急に現れたこの女性は何なのだろう？　門扉越しに私の腕をつかみ、わけのわからないことを言い始めた彼女に対し、私は怖がることすら忘れて、ただただその顔を眺めていた。

「な、なんで、なんでこんっ、うっ、うえええぇぇ」

女性は突然えずいたかと思うと、私の腕を放して口元を隠し、「ご、ごめんなさいっ、ごめんなさいっ」と不明瞭《ふめいりよう》な発音で繰り返しながら頭を何度も下げ、ばたばたと立ち去っていった。

私はぽかんとしてその後ろ姿を見送った。恐怖も怒りも押しのけて困惑だけが頭に満ちている。そのとき、後ろから服を引っ張られた。桃花だ。

「いまのひと、だれ？」

「うーん……わかんない」

私にもこれしか答えようがない。桃花は首を傾げながら「まちがえたのかな？」と言った。

「うーん、そうだねぇ。きっと間違えたんだね」

間違いであってほしい、と思った。彼女が「駄目ですって言った」のが、私たちの背後にそびえるこの「井戸の家」のことでなければいいのに、と願わずにはいられなかった。じわじわと気味の悪さが勝ってくる。

気分を変えたくなった。私は「そろそろ中に入って、ジュースでも飲もうか?」と桃花を誘って、家の中に入ることにした。

「のむ!」

桃花はぴょんぴょん跳ねながら、私を玄関の方に引っ張っていく。

歩きながらふと、無言電話のことを思い出した。元夫の仕業ではないかと思っていたけれど、もしかするとさっきの女性が関係しているのではないだろうか? それにしても、彼女は一体何者なんだろう。

手を洗ってキッチンに行くと、綾子さんが調理台の上に食材を並べているところだった。

「あら、中に入ってきたの」と笑いかけてくる。

「おばあちゃん、今お部屋でウトウトしてるからおかず作りにきちゃった。桃ちゃん、どう? お外楽しかった?」

「へんなひといた!」

「変なひと?」

私は綾子さんに、さっき庭で会った女性のことを説明した。残念ながら、綾子さんにも心当たりはないようだった。

「美苗さんも知らないひとだったの？　変ねぇ。まぁ、すぐに帰っちゃったならよかったのかな？」

首を傾げながらも、綾子さんは私がやるより早くふたつのコップを取り出し、桃花のプラスチックのコップにはりんごジュース、私のガラスのコップにはアイスコーヒーを入れてくれる。

この家でご飯を作ったことがないという母の言葉を、私は思い出していた。

「美苗さん、ミルク入れる？　お砂糖はいらないのよね」

「うん。悪いわね。何でもやってもらっちゃって」

「いいのいいの」

もう飲み物の好みまで覚えられているらしい。

ダイニングテーブルで桃花と飲み物を飲みながら、私はまだあの女性のことを考えていた。

本当に、訪ねる家を間違えただけならいいのだが。

家の中は静かだ。父は買い出しに出て、兄は相変わらず休日の午前中を寝て過ごす。兄が今所属している部署は、取引先との接待や社内での付き合いが多く、夜はどうしても遅くなるのだという。「必要経費ね」と言って綾子さんも納得しているらしい。

母も父と一緒に買い出しだろうか……などと考えていたところに、当の母本人がひょっこり顔を出した。

「美苗、ちょっといい？」

こちらに向かって手招きをする。「ケータイがわからないんだけど」

桃花が機械を触りたがると面倒だ。綾子さんも察して「桃ちゃんとおしゃべりしてるから、行って来たら？」と勧めてくれた。お言葉に甘えることにして、私はひとりでキッチンを出た。

「こっち」

母は私を、両親の部屋まで手招きする。ケータイくらいこっちに持ってくればいいのに……と思いながらもついて行った。部屋に入ると、母はぴしゃりと戸を閉め、こう言った。

「美苗。私、離婚しようと思う」

突然の宣言に、開いた口がふさがらなかった。

「そのうちみんなにちゃんと話すけど、とにかく離婚するから」

「えっ、ちょっと待って？　なんで？」

私が知る限り、両親の間に離婚するほどの問題はなかった――と思う。なにしろ自分もかつて「平和な家庭を築いている」と信じていたくちだから、「離婚なんてありえない」と一概に言い切れないのがもどかしい。

それでも、驚くべきことに変わりはない。

「ねぇ、ほんとにどうして？　お母さん、お父さんと何かあったの？」

「お父さんと何かっていうか……それくらいしないと、この家と縁が切れないと思うの」

母は眉《まゆ》をひそめて言った。「私がこの家から出て、どこかにアパートか何か借りるから、あんたも桃花ちゃんと一緒に出ていらっしゃい」

「ちょっとちょっと、本当にどうしたの？　そりゃこの家を出て行きたいっていうのは……わかるけど……」

胸に不安がせり上がってくる。「この家を出て行きたい」という気持ちが自分の中にもあることをはっきりと口に出してしまったら、もうここで暮らすことができなくなるような気がする。それはできない。

でも、母がそうするというのなら。

大人がふたり協力すれば、この家を出て、仕事をしながら桃花を育てることもできるのではないか。

「でも」と私は続けた。「ほかの皆はどうするの？　この家に残しておくのは、その……」

「私だって、お父さんのこと嫌いになったわけじゃないし、この家に置いていくのが心配じゃないわけでもないのよ。でも、あんたと桃花ちゃんを助けようと思ったら仕方ないでしょう。おばあちゃんは綾子さんがいないと駄目だし、お父さんにとっちゃおばあちゃんは自分の母親だし、圭一だって」

母はそこまで一気にしゃべると首を振り、私の顔をじっと見つめた。「美苗。離婚のこと、誰にも言わないで。しかるべき時が来たら、私からちゃんとみんなに話すから」

「だから、ひとりで話を進めないでよ」

「こっそりでなきゃ駄目なのよ！」母は私の言葉を遮った。「お願い、離婚のこと黙ってて。特に綾子さんには言っちゃ駄目」

「なんで――」

「あの人なの。この家に住もうって譲らなかったの、綾子さんなの。ここなら美苗さんたちも一緒に住めるでしょ、家族は多い方がいいものって、そう言ったのよ。私がこの家を出て行くって言ったら、きっと反対するわ。綾子さんが反対するなら、お父さんも圭一もそれに従うと思う。でも私、もうこんな家にいたくないのよ。真夜中になると何かが歩くの。ベッドの周りをぐるぐる回ってたこともあるの。ねぇ、こんな家にいたら駄目なのよ。私たちおかしくなるわ」

母は鬼気迫る顔をしていた。

私は混乱していた。頭の中が散らかっている。情報が整理できていない。綾子さんが何だって？　どうして母は、綾子さんのことをそんなに警戒するのだろう？

私が実家を出ている間に、一体何が起こっていたのだろう。

その日の昼食は味がしなかった。

あの後すぐに桃花が私を急《せ》かしに来て、母との話は切り上げざるを得なかった。でも「おばあちゃん」の顔になる直前、母は私にもう一度釘《くぎ》を刺すのを忘れなかった。

「絶対に内緒にしてよ」

真剣そのものだった。冗談などで言っているのではない、と思った。

私は食卓を囲む母と綾子さんを交互に盗み見た。

母の無神経に思える発言にひやりとしたことはあったけれど、ふたりの仲が悪いようには見えない。母は以前から「綾子さんは圭一にはでき過ぎたお嫁さんだ」とよく褒めていた。彼女に関する愚痴といえば、それこそキッチンの件くらいだ。「家のことを何でも仕切りすぎる」という以外の欠点（それを欠点と呼ぶならだけど）はないはずだった。

綾子さんからも、母に対する不満はほとんど聞いたことがない。母のバイクにはいい顔をしていないらしいが（すごく危険な乗り物だと思っているようなのだ）、逆に言えば不満らしきものはそれくらいだ。もっともそういうことは、義妹の私には言いにくいことかもしれないけれど——

私は記憶の底を浚《さら》って、彼女が母に関して何と言っていたか思い出そうとした。

（わたし、おかあさんのことは、自分の本当の母親みたいに大好きなの）

いつだったか、彼女がそんな風に言っていたことをふと思い出した。

そういえば、綾子さんが里帰りをしたという話を、私は聞いたことがない。いくら祖母の介護や家事で忙しいといっても、十年のうち何度かはその機会があったはずだ。なのに里帰りはおろか、彼女の両親や兄弟姉妹、親戚《しんせき》の話すら聞いた覚えがない。それでいて苗字は実家のものを名乗り続けている——

「美苗さん、どうかした？」

急に綾子さんに声をかけられて、思わずびくっとしてしまった。うっかり箸《はし》を落としそうになる私を、母が咎《とが》めるような目で見つめている。

「——どうって、何が？」

「なんだかぼーっとしてたから。疲れてるんじゃない？　平日は仕事だし、それにさっき、なんか変なひともいたんでしょ？」

「あら、変なひとってなんのこと？」

母が口を挟む。綾子さんが「それがね……」と、さっき私が出会った女性の話をする。親しげに語りあうふたりは、やっぱり仲のいい嫁と姑《しゅうとめ》にしか見えない。

「いやぁーね。不審者かしら」

「うちは小さい子がいるんだから気をつけないと」と父が言い、母が「そうよねぇ」と返す。

兄は黙ってご飯を食べながら、うんうんと細かくうなずいている。

それにしても、母はずいぶん平然としているように見える。離婚を決めていると言いながら、大した役者だ。よっぽど腹を括《くく》っているのだろう。

(何かがぐるぐるベッドの周りを回るの)

その言葉を突然思い出して、背中に冷水を浴びたような気分になった。やはり母も、この家には何かがいると感じているのだ。

「あらおばあちゃん、お顔にご飯粒ついてる。桃ちゃんより赤ちゃんだねぇ」

そう言いながら手を伸ばす綾子さんは、今日もにこにこと明るい。綾子さんも、この家で起こっている現象に気づいているのだろうか？　この家にこだわったのは彼女らしいけれど、その理由は単に広くて皆で住めるから――それだけなのだろうか？

綾子さんにちゃんと聞かなければ。彼女だけではない、父とも、兄とも話をしなければならない。

実家を離れて暮らしているうちに、私は彼らとの間に勝手に距離を感じるようになっていた。でも、今はそんなものを気にしている場合ではない。家族がばらばらになろうとしているのだ。

昼食のあと、桃花はお昼寝の時間だ。私は眠ってしまった桃花をひとりで部屋に残し、一階に下りた。まずは綾子さんと話をするつもりだった。

綾子さんはあの部屋の前にいた。引き戸を開け、空気を通している。空っぽの、怖ろしいものなど何もない部屋だとわかっていても、見るだけでついぎょっとしてしまう。私がいるのに気づいた彼女は、こちらを向いてちらっと笑った。

「ねぇ綾子さん。ちょっといい？」

私が声をかけると、綾子さんは「どうかした？」と言いながら引き戸を閉め、錠をかけた。

「あの——ちょっと、別の場所でいいかな」

正直、この部屋の前で「この家、何か歩き回ったりするよね？」などと聞くのは怖ろしい。

綾子さんは私の視線が部屋の方を向くのに気づいたのだろう、

「もしかして美苗さん、この部屋のことが気になるの？」

と問いかけてきた。

「実はその……そうなの」

私は素直に認めた。「ねぇ綾子さん。夜中になると、この部屋から音がするような気がしない？　ここだけじゃなくて、私たちじゃない誰かが家の中を歩き回ってるような気がするの」

改めて口に出すとぞっとする。そんな私の様子を見て、綾子さんは場違いなほどほっこりと笑った。

「わたしはちょっとよくわからないなぁ。ねぇ美苗さん。美苗さんもおとうさんもおかあさんも――圭さんはそうでもないけど――ちょっと神経質になってると思うの」

綾子さんは、立て板に水とばかりに喋《しゃべ》りだす。

「みんなこの家の近所に住んでて、長年この家の悪い噂を聞いてたんでしょ？　だから何でもないことが気になっちゃうんじゃないかなって。そりゃ、一家心中なんて聞いたら気味が悪いよね。わたしだって不動産屋さんにあんなに念を押されたら、何にもないと思っててもこの部屋に入るのはイヤだもの。言われたとおりに空気の入れ替えだけしてる。でも、それってやっぱり気分の問題だと思うのね」

綾子さんはそう言いながら、私を伴って廊下をリビングの方に歩き出した。南側の掃き出し窓から明るい日が差し込んでくる。

「わたし、前のおうちよりもこのおうちの方が好きなの。前の家は美苗さんの生家だから、気を悪くしたら申し訳ないんだけど、でもここは広いから、みんなでゆったり住めるでしょう？　家族が多いってやっぱりいいことだと思うの」

「綾子さんはそういう大家族で育ったの？」

ふと尋ねると、「うん」と言って彼女は笑った。

「一時期は十人以上で暮らしてたの。でもみんないなくなっちゃった。家業も潰《つぶ》れちゃって、実家ももうないの。わたしには名前が残ってるだけ」

そう呟《つぶや》くように話す綾子さんは、ひどく寂しそうな顔をしていた。この人には「家族」にこだわる事情があるのだろう、そう思ったとき、彼女が私の袖《そで》をつかんだ。

「もしかして美苗さん、この家を出て行きたいんじゃないよね？」

静かな、それでいて重みのある声だった。

そのとき大きな雲が空を覆い、綾子さんの顔が翳《かげ》った。私には彼女が一瞬、真っ黒い影のように見えた。

「まさか」

自分の口から出た声は、やけに頼りなかった。

「ええと、そんなわけないでしょ。この家から出たら私、また家事を全部やらなきゃならなくなるのよ。桃花が熱を出したりしたら会社を休まなきゃならないし、それに夫のことだって心配だし」

やたらと理由を列挙する私は、まるで言い訳をする子供のようだった。正直、怖かった。綾子さんが初めて見せた表情が怖ろしかったのだ。普段のおっとりした顔の下から、本来見るべきではない彼女の裏側が見えたような気がした。

「ほんと、いつも感謝してるの。綾子さん、大変すぎじゃないかって……」

「全然大変じゃないよ」

私の声を打ち消すように、綾子さんの声が廊下に響いた。

「毎日とっても楽しいもの。料理も掃除も洗濯も全部大好きだし、おばあちゃんの介護だってもう慣れっこだし、桃花ちゃんはおりこうで手がかからないし。こんなに楽しいことばっかりでいいのかなって思うくらい」

私の袖をつかんだ綾子さんの手に、ぐっと力がこもった。「――もっと家族がいてもいいって、そう思うくらいなの」

笑みを浮かべた顔が、今は得体がしれないものに見える。

「そ、そう」私は彼女に微笑み返した。「ならよかった」

「もし本当に、この家に幽霊みたいなものがいたとしても、わたしたちが楽しく暮らしていたらきっと大丈夫だと思うの」

綾子さんはそう言って、手をふわっと離した。

「だから美苗さんは、何も心配しなくていいのよ」


「――そう。ああ、私、桃花を見にいかなきゃ……」

私は綾子さんから逃げるように二階の部屋に戻った。桃花はうさちゃんを抱えて眠っている。お昼寝はまだしばらく続くだろう。

(特に綾子さんには言わないで)

母がそう言った意味がわかる気がした。

綾子さんは、この広い家で家族が一緒に暮らすことができるなら、足音や何かのことなど無視してしまえるのだろう。何かが本当にいるにせよいないにせよ、彼女にはそれだけ強い意志がある。

でも、私や母はそうではない。

(ほかの家に引っ越せたらなぁ)

私は溜息《ためいき》をついて窓から外を見た。この家と同じくらい——とはいかなくても、今いる全員が問題なく暮らしていけるだけの広さの物件があれば、おそらく綾子さんは納得してくれるのだろう。でも、現実には難しい。貯金はこの家を買うときに粗方使ってしまったそうだし、この家を売って費用を捻出《ねんしゅつ》するにしても、厭《いや》な噂が知れ渡っている物件が高く売れるとは思えない。宝くじでも当たらない限り無理だろう。

見下ろした庭に、私はふと父の姿を見つけた。父は庭いじりが好きだから、植木の世話などをしているのかもしれない。そういえば、門扉のあたりには何か植わっていただろうか——

そのとき、私はようやく門扉の向こうに、先ほどの女性が立っていることに気づいた。

桃花が眠っていることをもう一度確認すると、私はふたたび階段を下り、サンダルをつっかけて庭に出た。

門扉のところではまだ、父とさっきの女性が話をしている。父が絡まれているのかと思ったら、そうではないらしい。

「む、むりっ。無理です。その、わたし、やっぱり、ここは入れません」

女性は必死にそう訴える。父は反対に「それじゃ困ります。家を見ていただけるんじゃないんですか？」と言い、彼女に中に入るよう勧めているらしい。

「ちょっとお父さん、何やってんの？　その人知り合い？」

私は父に声をかけた。女性は私の方を見て、何度も瞬きしている。特徴に乏しい髪型と地味な服装も相まってか、相変わらず年齢のよくわからない人だ。私よりも年上のように見えるが、二十歳そこそこの若い女の子のようでもある。あまりにも正体がわからない、不思議な人だ。

父は彼女を指して、

「美苗。彼女は鬼頭さんといって、霊能者だそうだ」

と言った。

「はぁ？」

「ここをリフォームした業者に紹介してもらった」

「で、で、でも、無理です！　わ、わたし、ほんと、その、ごめんなさい、わたし、その、よ、弱いので」

鬼頭というらしいその女性は、父に何度も頭を下げている。事情はよくわからないが、見ているうちになんだか気の毒になってきてしまった。しかし父はあくまでも粘る。

「そうおっしゃらず、ちょっとだけでもお願いできませんか？」

「いえっ、もうその、は、入るのからして無理、む、無理です！　ご、ごめんなさいごめんなさい」

「ねぇお父さん、無理に引っ張ってきても仕方なくない？　こんなに無理って言ってるんだし……」

　というかこの人本当に霊能者？　という言葉を、私は飲み込んだ。

「そうは言うけどなぁ。この家はその――あるじゃないか」

　言いにくそうな顔をする。この家は真面目でリアリストだと思っていたけれど、父もやっぱり「この家には何かある」と考えているのだ。

「そのっ、こ、これ、これだけお渡しします」

　鬼頭さんは肩にかけていた大きなバッグから、人形を一体取り出した。人気アニメのキャラクターで、ＵＦＯキャッチャーで取ってきたような代物だ。特別なものには見えなかった。それを門扉越しに父に押し付けながら、彼女は言った。

「こ、これ、その、あの部屋に入れてください。は、入っちゃいけないっていう、その、あるじゃないですか」

　鬼頭さんのたどたどしい話を聞きながら、私はいつかの朝、部屋の前に落ちていた首のない人形のことを思い出していた。あの人形の素朴さと、この人形のチープな感じには、どこか似通ったものがあるような気がしたのだ。

「――怒られませんか？」

　その言葉が口をついて出た。

父はわけがわからないといった様子で顔をしかめている。一方で鬼頭さんはといえば、ぱっと顔が明るくなった。まるで異国で、珍しく日本語が通じる人に出会ったようだった。

「そ、それなら、だ、大丈夫だと思います！」

彼女は自信ありげに宣言した。

「で、でも、その、いつまでももつわけじゃなくって、あくまで時間稼ぎっていうか、そ、そういう感じで」

「あの……」

「一時的に、ちょっ、ちょっとよくなるだけなので！　その、ええと、また来ます！　準備してっ！」

そう言うと鬼頭さんは私たちにぺこりと頭を下げ、道の向こうへとどんどん走っていってしまった。


父は鬼頭さんから受け取った人形を見つめた後、彼女が去っていった方に向かって軽く頭を下げた。それからくるりと踵《きびす》を返す。

「どこ行くの？」

「あの部屋だよ」

淡々と答える父の背中は、急に小さくなったように見えた。

私は父の後をついていった。玄関を入ると、祖母の部屋の方から「おばあちゃん、トイレする？」と綾子さんの声が聞こえた。母と兄はどこにいるのだろうか。どこにいるにせよ、あの部屋にはいまい。そう思った。

父はあの「入ってはいけない部屋」の前に立つと、ひとつ深呼吸をして錠を外した。思わず「ねぇ、勝手に開けちゃっていいの？」と声をかけそうになり、ふとそのおかしさに気づいてやめた。私はこのとき「綾子さんに断らなくていいのかな」と思ったのだ。この部屋は綾子さんの部屋ではないのに、ふと彼女に対して後ろめたいような気がしたのだった。

部屋には相変わらず何もなかった。畳が敷かれているだけの、家具も飾りもない、何に使うのかわからない空間だ。父はその中に人形を放り投げ、すぐに引き戸を閉めた。錠も元通りに戻す。

「ねぇ、お父さん」

私は無言の父に声をかけた。「この家、真夜中になると足音とかするよね」

父が唾《つば》を飲み込むのがわかった。

昔から父のことはリアリストだと思っていた。この人がオカルトじみた話をするところを、私は見たことがない。むしろそういうものを嫌っているふしすらあって、だからさっき「霊能者の人」と話しているのを見たときは驚いた。あまつさえ、彼女に言われたことをすぐさま実行に移すなんて、普通なら考えられないことだ。

普通なら。

「――するね」

父が低い声で言った。

「足音だけじゃない。何かがここから出て、歩き回っている気配もある。母さんが泣くんだよ、何かがベッドの周りを回ってたって」

やっぱり父も何か感じていたのか、と腑に落ちるとともに、私は母のことを案じているらしい父が気の毒に見えた。母は離婚のことを父と相談しているのだろうか？　それとも、独断専行で進めているのだろうか？

「ねぇお父さん、この家を出ようと思ったことはないの？」

「美苗……まだ三か月も住んでいないじゃないか。この家」

「期間の問題じゃないと思う」

父はふーっと溜息をつき、「もう一度みんなで暮らせる広さの家に引っ越すのは、経済的に難しいよ」と言った。

「みんなで一緒じゃなくてもいいじゃない。たとえばそれぞれアパートを借りて近くに住んで、必要なときは協力しあうとか」

「それは――」と口ごもる父に、私は「綾子さんが納得しないから？」と問いかけた。父は何も言わなかったが、それは私には「肯定」に見えた。

「あのね、お父さん。私、気づいたの。私、大学から家を出てたでしょ。その間のこと、知らないことがいっぱいあるの。お父さんとお母さんと兄さんと綾子さんとおばあちゃん、五人で暮らしてた頃のこととか、綾子さん個人のこととか」

父は私の方を向いて「綾子さんはよくできた人だよ」と言った。「それはわかってるけど――」という私を廊下の向こうに促す。

「続きは、父さんたちの部屋で話そうか」

兄が初めて内藤家に雛伏綾子という女性を連れてきたとき、父は極めて良い印象をもったという。

彼女には親しい身内がおらず、ほぼ天涯孤独だという話だった。それだけに「雛伏」の苗字を残したいと言われたときも、さほど抵抗は感じなかった。自分たちの家など、後生大事に残すほどのものではない。それよりも、兄と綾子さんの間にわだかまりが残らないことの方が大切だと思った。

ただ、彼女の言葉には少々驚いた。「結婚したら内藤家で同居したい」というのだ。いずれ同居するとしても、新婚時代くらいはふたりで暮らしたいだろう。そう思っていた父にとっては意外な申し出だった。とはいえ、決して嫌ではなかった。むしろ「助かった」と思った。

綾子さんは元々、結婚したら仕事を辞めるつもりではあったようだ。彼女の勤務していた保育園は産休や育休をとるのが難しく、「休むのだったら辞めてほしい」という風潮すらあったらしい。だったら退職して専業主婦になり、もしも仕事を再開するとしたら、生まれた子供がある程度大きくなってからにした方がいいだろうと考えたようだ。「家庭に入る以上、家事や介護はなるべくさせてもらう」と言われ、両親はほっとした。

当時、すでに祖母には認知症の症状が出始めていた。このままでは早晩誰かが仕事を辞めて介護をしなければならない。都合よく入所できる介護施設がそうそうあるわけもなく、祖母の介護については頭を悩ませていた矢先だった。綾子さんがそれを担ってくれるというなら、ひとまずは安心できる――そう思った。

実際に同居を始めてみると、最初のうちこそ他人のいる気苦労はあったものの、それを補って余りある快適さが不安を取り去った。綾子さんは一家の家事をほぼすべて担い、一方で甲斐《かい》甲斐《がい》しく祖母の面倒も看てくれる。彼女がいればひと安心だと思いつつ、父の心中には一抹の不安があった。

もしも兄夫婦に子供ができたら。

もちろん、それは喜ばしいことだ。元々子供が好きな綾子さんは、自分の子供を欲しがっていた。兄も彼女の希望に沿いたいという。

だが、彼女が妊娠すれば、今までのように家事や介護をすることは難しくなる。体調が悪ければ普段のように動くことはできないだろうし、場合によっては安静を命じられることもある。ましてや出産後となれば、乳児の世話に追われることになるだろう。相変わらず介護施設への申し込みは続けていたが、なかなか空きは出なかった。まだ見ぬ赤ん坊に安寧を脅かされているような気さえした。

綾子さんが妊娠したのは、そんな折だった。兄と結婚して、三年が経とうとしていた。

私は綾子さんに妊娠していた期間があったことを初めて知った。両親の部屋で、小さな座卓を挟んで向き合いながら、父は喉《のど》の奥から押し出すように語った。

「梅雨の頃でな」

三和土《たたき》が濡《ぬ》れていたという。

外出から帰った祖母が、そこで転びかけた。綾子さんがとっさに手を伸ばしたが、体勢が悪く、祖母の下敷きになって冷たい石畳の上に転倒した。その日のうちに出血し、病院にかかったが結局流産したという。

早期流産は胎児の染色体異常などがほとんどだと言われている。少なくとも医師はそのように説明したらしい。私も妊娠中にそう聞いた覚えがある。

それでも「あのとき転ばなければ」と、誰もが思った。認知症が進みつつあった祖母もそうだろうと父は言う。祖母の症状はそれから坂を転がるように悪化し、綾子さんはその介護をしながら、なおも二度、妊娠と早期流産を繰り返した。

三度目の流産の後、綾子さんは「もうやめましょう」と言った。

「辛《つら》くなるばかりだから、もう」

話を聞き終えてどこかぼんやりとした私の頭に、桃花の泣き声が響き始めた。両親の部屋にいる間にお昼寝から目覚めたらしい。私は現実に引き戻された。

「ごめん、戻らなきゃ――話してくれてありがとう」

父はこちらを向かずに「うん」とうなずいた。

階段を上りながら考えた。父も私と同じことを恐れていたのだ。綾子さんに子供ができて、これまでのように家事や介護ができなくなることを。そしてそう思っていたこと自体を、恥じているようでもあった。自分自身から目をそむけたくなるような感覚は、私にも身に覚えがある。

誰かが悪いわけではないのだ。なのに罪悪感だけが膨れ上がっていった。皆がその罪悪感を育てあった結果、家族は綾子さんを中心に回るよう、少しずつその軸をずらしていったのではないか。

特に祖母は父の母親だ。母親の介護をさせているうちに起こったことだから、自分にとって無関係ではない。そう感じるのだと思う。

「おかあさん、どこにいってたの！」

部屋に戻ると、怒りながら泣いている桃花が飛びついてきた。

私は娘をなだめるのに苦労しながら、改めてこの子をいとおしいと思う。しがみついてくる小さな手を悲しいくらい可愛いと思う。

やはりこの家を出なければ。この子のために、この家を出て行きたい。綾子さんがどんな風に思うとしても――たとえばそれが彼女にとっては裏切りのようなものだとしても、それでも。

だって「あの部屋に入らなければ大丈夫」では全然ないのだから。

音をたてるだけではない。何かがあそこから出てきて、あの部屋に誘おうとしている。そのせいで私たちは目に見えて神経質になっているし、家族はほころび始めている。やはりこの家にとどまっていてはいけないのだ。

私は桃花を抱っこしながら、鬼頭さんのことを思い出した。彼女が「応急処置」だと言ってくれたあの人形は何だったのだろう？　仮にあれのおかげで足音などの現象が収まったとしても、それは一時的なもののような口ぶりだった。だとすればやっぱり、私たちはこの家を出るべきだと思う。

ぐずっている桃花の背中をとんとんと叩《たた》きながら、私は「おやつ食べる？」と尋ねた。桃花は「うん」とうなずいた。

桃花を抱えて一階に下りた。キッチンでビスケットの袋を開ける。そういえば、綾子さんがよく出してくれる、プラスチックのピンクの皿はどこにあるのだろう？　台所のことを任せすぎて、相変わらず何がどこにあるのかよくわからないままだ。

近くの棚を開けたその時、電話が鳴った。

一回、二回、三回。誰も出ない。

私は手近な皿にビスケットを何枚か載せてテーブルの上に置き、桃花に「食べてていいよ」と告げて廊下に出た。ちょうどその時、呼び出し音が止まった。

そっと廊下を覗《のぞ》くと、綾子さんが電話に出ていた。受話器に向かって「もしもし」と話しかけ、じっと黙っている。相槌《あいづち》も返事もない。

おそらく相手がしゃべるのを待っているのだ。ということは、また無言電話がかかってきたに違いない。

奥から祖母がゆっくりと現れ、綾子さんの横にぴったりと貼りつくように立った。綾子さんが電話を切った。

「また無言電話だったのよ、おばあちゃん」

綾子さんが話しかけると、祖母はにこにこしながら綾子さんの手を引っ張った。

「おばあちゃんはいつも楽しそうねぇ。嬉《うれ》しいねぇ」

綾子さんはそう言いながら、祖母の手を握り返していた。


「もう、びっくりしちゃった。あの部屋を開けたら、畳の上に人形が転がってるじゃない？どこから湧いて出たのかと思って」

綾子さんが笑いながら父に話しかけている。父も照れたように笑っている。私はその様子を、朝食をとる桃花の面倒を看ながら聞いていた。

「あれ、お父さんがもらってきたの？」

「ああ、ちょっとね」

どうして人形なんか部屋に入れたの？　と質問が続くかと思った。でも綾子さんは「そうだったのね」と言って微笑んだあと、これと言って何も尋ねようとしなかった。

昨日父と話した後、兄とも話せなかったのは残念だった。急に遠方の支社に行かなければならなくなったとかで、何やら慌てた様子で出かけてしまったのだ。相変わらず手回しのいい綾子さんが「委細承知」という感じでまとめた荷物を持たせていた。一晩が明けたけれど、兄はまだ帰宅していない。

そういえば夜の間、不審な物音はしなかった——と思う。鬼頭さんがくれたあの人形には、やはりなんらかの効果があったのだろうか。

「圭一、最近出かけてばっかりよね」

母が不満そうにつぶやいた。声には出さないが（きっとこの家にいるのが厭《いや》なんでしょうよ）と思っているのだろう。私も同感だった。

「今お仕事忙しいみたいよ？　休日も呼び出しなんて本人もイヤでしょうけど、しょうがないよねぇ。おかあさん、お茶いる？　今日はコーヒー？」

綾子さんが母をなだめるように声をかけた。母がふーっと溜息をつき、「じゃあ、コーヒーかな」と答えた。

「お砂糖もミルクもなし？」

「そうね、ブラックで。ありがとう」

穏やかな食卓の光景を眺めながら、私は鬼頭さんの年齢のよくわからない顔を改めて思い出していた。また彼女に会いたい、と思った。この家のことを何か知っている様子だったからだ。

昨夜は確かに平和だった。私の知る限り、足音も人の気配もなかった。あの人形が仕事をしてくれたのだとすれば、鬼頭さんには何らかの力があるに違いない。何もできないかのような口ぶりだったけれど、それでも私やほかの家族よりは何かしら詳しいだろう。

(鬼頭さんのこと、もう少しお父さんと話してみよう。相談料とかってかかるのかしら)

私の前に湯気のたつマグカップが置かれた。

「勝手にいれちゃった。美苗さんは砂糖なし、牛乳入りだよね。朝はあったかい方がいいのよね」

綾子さんがにっこりと微笑んだ。何もかもそのとおりだった。


私たちは半月ほど、平穏な日々を過ごした。

その間、あの部屋は静かだった。真夜中の足音もしなければ、なにかが部屋に入ってくることもなかった。私は母と「最近静かでいいね」と言い交わした。「ずっとこのままだったら、離婚なんかしなくていいんじゃない?」と言うと、母は少し微笑んだ後で首を振って「一応部屋探しは続けるわ」と答えた。

父とは鬼頭さんについて話をした。父もやはり、もう一度彼女に会わなければならないと思っているようだった。あの人なら、この家に取り憑《つ》いた問題を解決してくれるかもしれない。たとえ彼女には無理でも、誰かもっと強い人を紹介してもらえたら。そう思うと、希望の光が見えるような気がした。

兄は相変わらず家を空けることが多い。綾子さんは普段どおり朗らかでソツがなく、家のことをよくやってくれている。祖母はあの部屋のことをどう思っているのかわからないが、見た限りは穏やかに過ごしているようだ。

桃花の様子も落ち着いている。少しずつ暗闇を怖がらなくなり、おもらしの頻度も落ちた。家族が増えたおかげか、語彙《ごい》が豊富になって急におしゃべりが上手《うま》くなったし、笑顔も増えた。

心のどこかで「これは嵐の前の静けさかもしれない」と感じながらも、ずっとこんな日々が続けばいいと思っていた。

幕間　サンパレス境町904号室

黒木が見た限り、新居はまるで新居という感じがしなかった。1004号室にあったものをそのまま904号室に持ってきたのだから、当然と言えば当然である。内装も間取りも同じだし、家具の配置も変わっていない。

志朗は玄関を開けるなり「ああ、大体よさそう」と言った。それから舌打ちでカスタネットのような音を出しながら部屋中を歩き回り、納得したようにうなずいた。

「ちゃんと元の通りに置いてもらってるね」

「それ何すか？　おまじない的なヤツっすか？」

声をかけたのは、このマンションの管理人である。1004号室の退去と904号室への入居に伴う手続きのためにやってきたのだ。まだ若い男で、細身のスーツとアシンメトリーな髪型がよく似合っている。

管理人室に常駐している彼とは、黒木も度々顔を合わせていた。最初は内心「管理人《ホスト》」と呼んでいたのだが、「サンパレス境町の管理人やってます、二階堂草介《にかいどうそうすけ》です！」と名乗られたため、そのあだ名は闇に葬られることとなった。

「おまじないじゃなくて、エコーロケーション」と志朗が答える。

「ボク、目が全然見えないでしょ。これやると、音の反響でどこに何があるかわかるの」

「やべぇそれ、コウモリとかがやるやつじゃないすか」

「おまじない的なやつはこれからやるから」

志朗はそう言いながら、玄関に一番近い洋間に入った。１００４号室の頃から、ここは来客を通す部屋と決まっている。ソファセットとローテーブルの他にはほとんどものがない、簡素な空間だ。

志朗は体に密着するようにかけていた長めのボディバッグから一本の巻物を取り出した。ソファに腰かけ、テーブルの上にそれを広げていく。黒木はこの瞬間、いつも空気が冷えるような感覚を覚える。

金糸を使った豪華な外装を裏切るように、巻物の中身は真っ白で、何も書かれていない。点字のような凹凸も、文字も絵も何もない。

志朗は両目を閉じたまま、ゆっくりと一度深呼吸をする。そして指の長い両手が、真っ白な紙の上を動き始める。

まるで指先についたセンサーで、目に見えない何かを読み取っているように見える。彼らが「よみご」と呼ばれているのは、この動作が由来らしい。

黒木には彼がなにを「よんでいる」のかわからない。今ここには志朗を頼ってきた訪問者もいなければ、いわくつきの物品があるわけでもない。何のために突然「よむ」行為を始めたのか、見当がつかなかった。

少しすると志朗は手を止め、慣れた手つきで巻物をくるくると巻き始めた。またゆっくりと深呼吸をする。

「一階下るとちょっと違うねぇ」

「そんなモンっすか」

「ま、これからまた地道にやっていきましょう。あと二階堂くん、ちょっといつものいい？」

二階堂を向かいのソファに座らせると、志朗は反対にソファから立ち上がって二階堂の隣に立ち、ふいに「動くな」と低い声で言った。

「動くな。動かない。そのまま。動くな」

ぶつぶつと繰り返す。一方で二階堂が「おっ」と声を上げ、肩ががくんと下がったのを黒木は見た。

「いつもの」である。

志朗は手を伸ばし、二階堂の肩から何かをつまみとるような手つきをした。つまんだものを床に放り、また肩から何か見えないものを取る。よみごはこうやって「よくないもの」を取り除くらしい。志朗は同じことを二、三回繰り返すと、「はい、おわり」と言って二階堂の肩を叩《たた》いた。

「おお、スッゲ軽い。あざっす！」

「いやいや、二階堂くんのメンテも仕事の一環なんで」

「やばい効くわ。オレも大概憑《つ》かれる方なんで助かりますわ」

「二階堂さんって、志朗さんの顧客なんですか？」

黒木が尋ねると、二階堂が振り返った。「あ、黒木さん知らなかったです？　うちの会社、シロさんにあえてここに住んでもらってるんすよ」

「え、そうなんですか？　二階堂さんのお勤め先が？」

「そっすよ。家賃もらうんじゃなくて、うちが金払ってんすよ」

「へぇ」

「ボクも助かってますよ。色々楽で」と志朗が言う。「でもね二階堂くん、万が一に備えてボクの後釜《あとがま》は探しといた方がいいよ。ボクが言うのも何だけど」

「それがなかなかいなくってやべーんすわ」

二階堂は苦笑した。「だからまた長期入院とかしないようにしてくださいよ！　あのときめちゃくちゃ大変だったんすから……っと、スイマセン」

謝りながらスマートフォンを取り出し、「ハイ二階堂！」と電話に出る。

「またあのおばちゃんすか？　はいはい承知です～なる早で行きます！　じゃ」

そう言って電話を切ると、「用事できたんで失礼しますね！　じゃシロさん、よろしくです！」と慌ただしく部屋を出ていった。

我が家はにぎやかな方がいい

それはある土曜日の夜、なんの前触れもなく再開された。

真夜中にふと目を覚ました私は、暗い天井を見ながら、なぜ目が覚めたのだろうかと考えていた。夢の中で、ことりという音が聞こえたような気がした。何の音だったのだろう。どうしてその音に、こんなにも過敏に反応したのだろう。

そのとき、私の耳が足音を捉《とら》えた。

一階で何かが走っている。軽やかな足取りは、家族の誰のものとも違う。

「おかあさん」

隣の布団で眠っていたとばかり思っていた桃花が、ぱっと起き上がって私に抱きついてきた。

「なんかいる」

私の胸に顔を埋めて、桃花が呟《つぶや》いた。

足音はたったったったと駆け回り、急にとんとんとんとんと調子を変えた。階段を上っている。私は桃花を強く抱きしめた。
たったたったたったたっ
部屋の前の廊下を、何かが走り回っている。
ドアを開ける勇気などなかった。私たちは布団の中で抱き合って目を閉じた。一刻も早く朝になってほしい。その一念で、必死に眠りに落ちようとした。足音はいつまでも廊下を行き来した。

おそらく、気絶するようにいつの間にか眠ってしまったのだろう。気がつくとカーテンの向こうが明るくなっていた。隣では桃花が寝息を立てている。頰に涙の痕《あと》がついていた。

寝不足のために頭痛がした。今日が日曜日でよかった、と心底思った。こんな体調で出社できる気がしない。私が身を起こすと、それを悟ったらしく桃花も目を覚ました。

「はしってたよねぇ」

桃花はそう言って、私の顔を不安そうに覗《のぞ》き込んだ。


のろのろと身支度をして一階に下りると、目の下にひどいクマを作った母が私に「おはよう」と言った。

「お父さんはもうちょっと寝るって。ほら、ゆうべの……」

ふーっと憂鬱《ゆううつ》そうな溜息《ためいき》をつく。あまり口に出したくない、という感じだった。私も同じ気持ちだ。

「おはようございまぁす」

朝食の支度を終え、洗濯物を抱えて出てきた綾子さんだけは、いつもと同じように朗らかだ。

リビングからテレビの音が聞こえる。祖母がいるらしい。

「ちょっと……悪いんだけど朝ごはん、コーヒーだけにしとこうかな」

母がそう言った。

「あら、そう？　おかあさん、大丈夫？　風邪でもひいたかな」

心配そうな綾子さんに、母は何か言いたげだったが、それを飲み込むように「大丈夫」と答えて首を振った。

桃花といっしょにトーストを食べ、温かいスープを啜《すす》った。お腹に何かが入ると、少し気分がマシになる。食事を終えてリビングに行くと、やっぱり祖母がテレビを観ていた。傍らに母が座っている。

「おばあちゃんは、なんとも思わないのかしらねぇ」

母が半ば呆《あき》れたように言う。こと祖母に関しては、認知症が進んでいたのがかえって幸運なのかもしれない、と思ってしまう。

祖母は何かもごもごと口を動かしていた。桃花が「大ばあ、なぁに？」と尋ねながら顔を覗き込んだ。

「しいちゃん」

「もー。またまちがえてる！　ももかだよ！」

祖母はにこにこしながら、桃花の頭をなでた。「ゆうべいっぱい走ったねぇ、しいちゃん」

胸がひどくざわつく感じがした。


午前中のうちに桃花と外に出た。家以外のところにいたかったのだ。

鬼頭さんはあの人形は応急処置だと言っていた。やっぱり一時しのぎに過ぎなかったのだ。私たちがやるべきだったのは安寧をむさぼることではなく、その間にあの家を出ることだった。そうではないのか。今更考えても仕方のないことをつらつら考えつつ、桃花の手を引いて近所の公園に向かった。

春らしい、いい天気だった。空は青く、暖かい風が吹いている。公園には何組かの親子連れや、犬を散歩させる人などが歩いている。小さな子供用のイスがついたブランコに乗せてやると、桃花は楽しそうに「おして！」とせがんだ。

ブランコの背もたれを押してやりながら、帰りたくないなと思った。これから別の家に帰ることができるならどんなにいいだろう。ぐるぐると考え事をしていると、桃花が突然大声を上げた。

「おとうさん！　おとうさんだ！　おかあさん、おとうさんがいるよ！」

私は弾かれたように顔を上げ、辺りを見回した。公園の車止めの向こうに、見覚えのある姿を見つけた途端、全身に鳥肌が立った。間違いなく別れた夫だった。

頭の中に夫のパソコンの画面がフラッシュバックした。年端も行かない女の子たちの姿が並ぶ光景を、残念ながら私はちゃんと覚えていた。

さっき食べた朝食が食道を逆流してくる。慌てて口を押さえた私に、桃花が叫んだ。

「おろして！　おとうさんだよ！」

幸い桃花は、幼児用のブランコからひとりで降りることができない。私は桃花を抱え上げ、公園の外に向かって走り出した。背後から美苗ちゃん、と私に呼びかける声が聞こえた。

「おかあさん！　おとうさんだよ！　ほんとにおとうさん！」

桃花は私が、夫に気づいていないと思っているのだろう。しきりにおとうさんおとうさんと繰り返す。私は桃花の声を無視し、わき目もふらずに走って、近所のコンビニに駆け込んだ。

桃花を下ろし、両膝《ひざ》に手をついて荒く呼吸を繰り返す。肺が熱い。息が苦しい。

窓の外に目をやった。夫の姿はない。

「あらら、どうかしました？」

顔見知りの、四十代くらいの女性店員が声をかけてきた。「顔が真っ青」

知っている人の声を聞いて安堵《あんど》したのか、急に足が震えだした。私はいつの間にかぽろぽろと涙をこぼしていた。家の中も外も安全ではないと思うと、怖くて仕方がなかった。

徒歩でほんの五分ほどの道のりだったけれど、電話をして父に迎えにきてもらった。あの家に戻らなければならないのが悔しかった。どうしてほかに逃げ場を作っておかなかったのだろう。

車の助手席で事情を話すと、父は低い声で「そうか」と言った。

家に着いても、ひさしぶりに姿を見たからだろう、桃花はしきりに「おとうさん」と繰り返した。

「なんでおいてきちゃったの？　おとうさんに会いたい！」

私をなじるような無垢《むく》な瞳《ひとみ》に、離婚の原因をこの子に何と説明したらいいのかわからないまま、父親から引き離してしまったことを後悔した。今更お父さんは悪いことをしたんだと教えても、桃花は聞く耳を持たなかった。この子は幼すぎて、まだ元夫のやったことの悍《おぞ》ましさを理解することができない。あるいは私の説明が下手なのか、その両方か。

確かにあの人は「いい父親」をやっていた。桃花はとても懐いていた――と思い出して、また吐きそうになった。警察からの電話を受けたときの記憶が鮮やかによみがえる。やはり私は、あの男を到底受け入れることができない。

「ねぇおかあさん、おとうさんは？　なんでおとうさんダメなの？」

「だめなの！」

頭がカッと熱くなって、私はいつにない大声を上げていた。桃花が怯《ひる》んだ様子で黙りこみ、一拍置いて顔が歪《ゆが》んだ。ああ来るなと思った次の瞬間、桃花は声をあげて泣き始めた。

私の胸の中は、怒りでいっぱいだった。

(何にも知らないくせに)

心の中で私が、私の声で叫んでいた。

(何でおとうさんなの⁉ 何にもわかってないくせに！ おかあさんが悪いみたいに泣かないでよ！ 私だって必死なのに、精一杯やってるのにどうしてわかんないの)

苛立《いらだ》ちが黒い雲のように頭の中いっぱいに立ち込める。私は桃花を置いて、急いで部屋を出ると、トイレに閉じこもった。一旦《いったん》離れたところに避難して、落ち着くまで我慢しなければ。そうしないと私は、桃花を怒鳴ったり、ぶったりしてしまうかもしれない。また涙がぽろぽろこぼれ始めた。

(どうしてこんなことになったの)

私は両手で顔を押さえて、トイレの中で泣いた。


「あれー？ 桃ちゃん、どうかしましたか？」

綾子さんにそう聞かれてしまうくらい、その後の桃花は沈み込んでいた。私に怒られた桃花は、私たちの部屋を出てリビングに駆け込み、綾子さんの腰にしがみついた。それからずっと、おかあさんの顔なんかどうやって見たらいいのかわからない、とでも言いたげにテレビを観ている。お気に入りのうさちゃんを抱っこしたまま、私の方を向いてもくれない。

「何かへそ曲げちゃうことでもあったかな。りんご食べる？」

「いらない」

そっかぁ、と言いながらひとまず撤退してきた綾子さんを捕まえて、私は元夫を見かけたことを報告した。綾子さんが眉《まゆ》をひそめる。

「そう……こんなこと口にしたくもないけど、桃花ちゃんを勝手に連れ出されたりしたら困るね。気をつける。とりあえずしばらくは、そこの公園には行かない方がいいかもね」

「ごめんね。お願いします」

「いえいえ」

桃花の態度は、一時の不機嫌では収まらないようだった。単に「イヤなことがあった」というだけでなく、私への不信感を抱いてしまったように思える。それだけ「おとうさん」との別れは、この子にとって大事件だったのだろう。むしろこれまで父親をほとんど恋しがらなかったことの方が、不思議だったのかもしれない。

元夫の情報を共有した私たち大人も、どこかピリピリしていた。父が苦虫を噛《か》み潰《つぶ》したような表情で、「交番に相談しに行くか」と言った。かつてあの男を結婚相手として選んでしまったことを、今更ながら申し訳なく思った。

桃花は普段から懐いている綾子さんに貼りつき、いつものように家事をこなせなくなった綾子さんは「これは参った。今日は出前でも取っちゃおうか」と笑った。こんなとき、私はいつも彼女の強さに頼ってしまう。こんなことではこの家を出て行くなんて夢のまた夢だ。でも、元夫に出会ったことは、私にとってそれだけの打撃で、その分弱っていたのだと思う。

夜はさすがに、桃花も同じ部屋で寝てくれた。一日中むくれているなんて、本当に珍しいことだ。怒ったような顔で布団に入った桃花は、突然「おかあさん」と私を呼んで、布団の中で手をぎゅっと握ってきた。

「どっかいかないで」

ああ、この子は父親を失ったんだ、と実感した。

私は小さな手を握り返した。

「どこにもいかない。お母さんは桃花とずーっと一緒にいるから」


日中気を張っていたせいか、いつもより深い眠りが訪れた。

この頃は足音を聞かずに済むように、桃花と一緒になるべく早めに寝てしまう習慣をつけていた。入眠が早かったのはそれが原因かもしれない。なんにせよ私が眠ったときは、桃花の手はまだ私の掌の中にあったはずだった。

明け方、何か夢を見て目が覚めた。昇ったばかりの朝日がカーテンの隙間から差し込み、室内をかすかに照らしていた。

桃花がいなかった。

私は飛び起きた。胸の中が厭《いや》な予感で一杯になっていた。部屋の中をろくに捜しもせず、私は部屋を出て階段を駆け下り、足音をたててあの部屋に向かった。心臓が痛いほどどきどきして、自分の呼気が火のように熱かった。

あの部屋は、廊下の奥でぽっかりと口を開けていた。錠がかかっていない。戸も開いている。そして何もない畳の上に、横になった小さな背中が丸まっていた。

「桃花」

入ってはいけないという約束を忘れて、私は部屋の中に飛び込んだ。朝の涼しい空気が涙を冷やして、頬が寒い。なのに頭の中は煮えくり返るようだった。私は何度も名前を呼びながら桃花を抱き上げた。

背後からドタドタと足音が近づいてくる。部屋の中にいる私の姿に気づいたのだろう、「ひゃっ」という声が聞こえた。綾子さんだ。

「ちょっ、と……どうしたの⁉　美苗さん」

「綾子さん」私の声は情けないほど震えていた。「どうしよう。桃花が起きない。全然起きないの。どうしよう、どうしよう！」


どうしても目覚めない桃花を抱いて、両親と救急病院に駆け込んだ。いくら待っても、太陽が高く昇っても、状況は変わらなかった。

医師にも、桃花がどうして眠ったままなのかわからないという。少なくとも、もっと詳しい検査をしてみないとならないだろう、と。私は危うく「あの部屋に入ったからです」と大声をあげるところだった。あと少し理性が摩耗していたら、きっとそうしていたことだろう。桃花がこうなったのはあの部屋に入ったからだ——という確信が、なぜかしら私の頭をぱんぱんに満たしていた。

完全看護の病棟で、私がしてあげられる特別なことなんかひとつもなかった。病室ではただ桃花の手を握っていた。こうやっている私の方が、心臓が千切れて死んでしまう気がした。入院の手続きは家族が手伝ってくれて、大したことなんか何もしていないはずなのに、どっと疲れた。

夕方過ぎにようやく帰宅すると、私は部屋に閉じこもった。この部屋で長い時間ひとりになるのは初めてかもしれない。「ひとりの時間ができたらのんびり本を読んだりしたい」と思うことはよくあるけれど、こんな状況でその願いが実現したところで、何もする気になれなかった。桃花がよく使っていた、うさぎのキャラクターが描かれた小さなローテーブル。お気に入りのぬいぐるみのうさちゃんが、ひどく寂しそうに見える。

桃花は病弱な子ではない。多少熱を出しやすいくらいで、重大な持病もない、概ね健康な子供のはずだ。それでも（あの子が目覚めなかったらどうしよう）という気持ちは消えない。消えないどころか、胸いっぱいに膨らんでいく。

不安とともに、今更のように後悔が押し寄せてくる。私はどうして、こんな家に留《とど》まってしまったのだろう。この家に頼らなくたって、桃花とたったふたりきりだって、なんとか暮らしていけたはずだったのに。

せめて日曜日、公園から帰った後、もっと楽しく過ごせていたらよかった。あの夜、眠らずにあの子を見張っていればよかった。

きっと私が眠っている間に、何かが桃花を迎えに来たのだ。私に対する不信感が、あの子をあの部屋に連れて行ってしまった。

急に涙がぽろぽろ出てきた。涙はなかなか止まらず、床についた私の膝をぐずぐずに濡《ぬ》らした。

食事もとらずに引きこもっているうちに、一日の疲れが出たらしい。部屋の電気をつけたまま、私はいつのまにか眠っていた。床の上だったので体の節々が痛んだ。喉《のど》が渇いて痛い。

目が覚めたのは、また階下の足音を聞きつけたからだった。ああまた足音か、そう思いかけて、私はぱっと体を起こした。急いで部屋を出て、真っ暗な一階に向かった。

足音は続いていた。あの部屋に近づくほど、それは大きくなっていく。パタパタと軽く、まだどこかたどたどしい足取り。

私はこの足音を知っている。

「桃花」

私は部屋の中に向かって呼びかけた。返事はなく、足音だけが続く。

どうしてという気持ちと、やっぱりという思いが、私の中で交錯した。

「桃花、おかあさんだよ」

やはり返事はなかった。

私は戸に耳をくっつけて、中の音を貪《むさぼ》るように聞いた。足音は間違いなくこの中でしている、と確信した。

私の手が戸にかかり、そして力なく垂れた。この戸を無神経に開けてしまったら、この足音は消えてしまうような気がした。

夜が明けるまで、私は廊下にしゃがみ込んだまま小さな足音を聞いていた。

火曜日もとても出勤できるような状態ではなく、会社にもう一日休む旨の連絡を入れた。幸い上司や同僚は私に同情的らしく、『なるべくこっちで何とかするから、出社はお子さんが落ち着いてからにしなさい』という言葉を、ひとまずはありがたく、額面通りに受け取ることにした。

病院に行ったが、桃花の容体は変わらなかった。話しかけても体を触っても反応がない、ただ眠っているみたいな顔を見ているのがやるせない。

医師と話をし、やることもなくなって病院を出た。バスの窓から外を見ながら、また涙が出そうになった。ひどい無力感を覚えていた。

うっかりひとつ前のバス停で降りてしまい、家までのろのろと歩いた。ツツジの花が咲いている。暖かい風が頬を撫《な》でる。今日はおさんぽ日和だ。ひとりでの「散歩」ではなく、桃花と手をつないでの「おさんぽ」にちょうどいい日。

ぼんやりと考え事をしていたせいで、後ろから足音が近づいてきているのに気づかなかった。突然肩を叩《たた》かれた私は飛び上がるほど驚いた。振り向くと、真っ黒な髪を乱し、ロングスカートの膝に手をついて荒い息を吐いている女性がいた。

「鬼頭さん？」

「はっ、はい……き、鬼頭です……」

どこから追いかけてきたのだろうか。地味で年齢のよくわからない格好は相変わらずだ。

「ご、ごめっ、ごめんなさい、すみません、その、お、遅くて、わたし」

そう言いながら彼女は私に人形を押し付けた。例によってＵＦＯキャッチャーで取れるような、なんの変哲もないものだ。

「なっ、内藤さんの……その、お父さんに、聞きました。お子さんのこと……ずみません、おっ、遅くて、わたし」

鬼頭さんは泣いていた。大人がこんなに泣くところを見たことがないかも、というくらいで、私はひどく戸惑ってしまった。


近くの公園のベンチに座らせ、自動販売機でお茶を買って渡した。鬼頭さんは鼻をかみながら「すみません」と断って受け取った。改めて、悪い人ではなさそうだなと思った。

「この、人形の方は、その、わたしは専門ではなくって、作るのに時間がかかるんです」

だんだんと慣れてきたらしい、それでもまだたどたどしい話し方で、鬼頭さんは言い訳するように語った。

「その、何ていうんですか、本物の人間がいると錯覚させるためのものというか……おっ、お察しかと思うんですけど、時間が経つと効き目が切れちゃうんっ、ですけど」

突然むせ始めてお茶を一口飲み、それでもまだ落ち着かなくてぺこぺこ頭を下げる。

「あの、いいですよ。焦らなくて」

「す、す、すみま」

「人形を身代わりにする、みたいなことですか」

そう尋ねると、鬼頭さんはうんうんとうなずいた。私はいつだったか、首を引きちぎられて廊下に落ちていた人形のことを思い出した。あれも同じことを意図して、あの部屋に入れられていたものだったのだろうか？

「あの、さ、匙《さじ》加減みたいな、ものがあって」

ようやく落ち着いてきた鬼頭さんが、途切れ途切れに話し始めた。「それが、その、上手《うま》くないと、騙《だま》されたことに気づいて怒るんです。その——ああいうものは」

「ああいうもの？」

「あの、な、内藤さんのおうちにいるもの、です。その、入ったらいけない部屋です、けど」

鬼頭さんはまた一口お茶を飲む。「ふ、普段はあそこにいるん、ですけど、夜になると出てくるみたいで。わ、わたしも『見る』のは苦手で、わからないことが、多いんですけど。ふ、不動産会社の方には、家じゃなくて、撮影スタジオとか、倉庫とか、そういう感じにしたら、いいんじゃないかって、お、お伝えしたんですが、その、わたし、話、下手だから……」

「そんなことないですよ」

私は素直に否定した。少なくとも、私には彼女の言っていることがよくわかる。鬼頭さんはほっとしたように、一瞬だけにこっと微笑んだ。こんな風に考えたら失礼かもしれないけれど、幼い子供が心を許してくれたときのような喜びを覚えた。

正直、もう一度鬼頭さんに会ったら、彼女につかみかかってしまうかもしれない、と思っていた。どうして桃花を守れなかったんだと言って、八つ当たりをしてしまったかもしれない、と。でも、先手を打って（彼女にそのつもりはなかっただろうけど）大泣きされてしまったために、彼女に対する敵意のようなものが粗方消えてしまっていた。

「と、とりあえず、その人形、お、お渡し、します」

鬼頭さんは私に押し付けた人形を指さして言った。「あ、あの部屋に、その、入れておいてください」

「ありがとうございます」

私が頭を下げると、鬼頭さんもつられるようにしてぴょこんとお辞儀をした。

「あばっ、わ、わたし、すみません。ちゃんと自己紹介してませんでした」

突然そう言った鬼頭さんは、私に今度は深々とお辞儀をした。

「わたし、き、鬼頭雅美といいます。鬼の頭に、みやびで美しいと書きます。あの、その、すっ、すごい名前負けですけど」

「いや、そんな」そう言われてもリアクションに困る。「私、内藤美苗と言います。父から聞いているかもしれませんが」

「美苗さんですね。よ、よろしくお願いします」

鬼頭さんは自らを「拝み屋」だといった。

「うちに代々伝わる方法があって、その、なんか、わりと変な感じなんですけど、ほ、細々と、やってます」

と、なぜか恐縮しながら話していたが、具体的にどんな方法なのかは教えてもらえなかった。

「あの、『井戸の家』、というかその、なっ、内藤さんのお宅なんですけど、ほんとあの、わたしなんかじゃどうにもならない感じで――た、たぶん、わたしなんかよりも強いひとが、長い時間をかけて浄化すべきものというか、その」

すごく寂しがり屋なんです、と彼女は突然言った。鬼頭さんのことかと思ったら「そういうものがあの土地にいるんです」ということらしい。

「わ、悪いことをしてやろうっていうよりかは、その、たぶんですけど、すごく人恋しいんじゃないかなって……わ、わたし、ほんと『見る』のは得意じゃないので、その、よくわからなくて申し訳ないんですが、でも、その――だから、呼ぶんです」

青空の下で、彼女の「呼ぶんです」という言葉はひどく場違いに、不吉に響いた。

「自分たちのところに、その、誰か来ないかなって、ずっと思っていて――だから呼びに来たでしょう?」

来た。家の中を走りまわり、私を騙《かた》って桃花を連れて行った。母のベッドの周りを回るものもいるという。

今日がいい天気でよかったと思った。こんな話、明るいところでなければ聞くことすら拒否してしまいそうだ。私がうなずくと、鬼頭さんは安心したようにうなずき返してきた。

「だっ、だから人形を入れておくと、ちょっとの間ですけど、その、ごまかせるんです。誰かいるなって、その、勘違いして……あの、お子さんはたぶん、たっ、魂が半分くらい、あの部屋にいるんだと思います。だから目が覚めないんだと」

その言葉を聞いて、ひどく不安になった。

「私、桃花のために何ができるんでしょうか」

尋ねると、鬼頭さんは「い、いっぱいあります！」と意外にも力の入った声で応《こた》えた。

「まず、ええと、とっ、時々あの部屋の前で、その、お子さんの名前を呼んであげてください。その方がたぶん、も、元に戻しやすくなると思うんで……あと、その、ちゃんと食べたりとか寝たりとか、してください。美苗さんが元気なのって、ほんと、大事なので。お子さんがも、戻ってきたときに、ちゃんと元通りの生活に戻れるようにって、その、すごく大事なので、わっ、わたしも」

がんばりますので、と鬼頭さんは言った。自信満々とは言えないけれど、確かにそう言ってくれた。


鬼頭さんと別れて家路についた。

日は十分に高い。私は渡された人形を握りしめて、あの部屋に向かった。錠を外し、ひとつ深呼吸をしてから戸を開ける。

相変わらず何もない。桃花が倒れていたときのままだ。畳が敷かれただけの、窓もなにもない空間。怖いものなど何一つないように見えるのに、私はもう背中に厭な汗をかき始めている。

もう一度息を吸い込み、部屋の中に人形を投げ入れた。とっさに（ごめんなさい）という言葉が頭の中に浮かんだ。人形に対してすまないと思ったのだ。相手は無機物だというのに、こんな怖ろしい場所に置き去りにすることを、それでも申し訳ないと思った。

そういえば、この前鬼頭さんがくれた人形はどうなったのだろう。以前廊下にズタズタになって転がっていたもののように、この家のどこかに打ち捨てられているのだろうか。それとも今回は「怒られていない」ようだから、壊されてはいないのかもしれない。

首を引きちぎられていた人形は、布製の至ってシンプルな、素人の手作りを連想させるようなものだった。もちろん、鬼頭さんがくれたものとは違う。

（やっぱり、綾子さんともっと話した方がいいかもしれない）

あの人形をこの部屋に入れたのは、おそらく綾子さんだ。この部屋を開け閉めするのは基本的に彼女しかいない。

「桃花」

戸を閉める前に、私は部屋の中に向かって呼びかけた。返事はない。足音もしない。それでもこの部屋に桃花はいるのかもしれない。

「桃花、早く戻っておいで」

そう言ってから私は戸を閉めた。またここに来て声をかけなければ。鬼頭さんに言われたことをちゃんとやろう。そんなに長い間話したわけではないけれど、私は彼女のことが何となく好きになっていたし、信頼できるような気もしていた。

元通りに錠をかけながら、私はさっき鬼頭さんと話したことを思い出していた。

「あの、私前に『怒られませんか？』って言ったじゃないですか。人形をもらったときに」

公園のベンチでそう尋ねたとき、鬼頭さんは（なんだったっけ）とでも言うように、黒縁眼鏡の向こうで激しく瞬きをした。ややあって思い出したらしく、「は、はい」と返事をしてくれた。

「実は――」

以前人形を発見した経緯を話すと、鬼頭さんはこともなげに「で、では、どなたかがすでに、その、人形については、た、試したことがあるんですね」と言った。

「に、人形を人間の身代わりに、すっ、するというのは、その、よくある話なので」

「そうなんですか」

「そ、そうなんです。でも、あの、それやった人はなんというか、鋭いなと思います」

「どうしてですか？」

「その、あの部屋にいるものが、にっ、人間を呼びたがっているということが、わかっているから、そ、そんなことをしたんじゃ、ないかなって。まっ、まち、間違ってたら、す、すみません」

鬼頭さんはそう言ってまた激しく瞬きをした。

もしも鬼頭さんの予想が正しいとしたら、綾子さんはこの部屋のことを――ここに「人間を呼びたがっているなにか」がいるのを、知っているということになる。

もし知っているとしたら、それはなぜなんだろう？

（でもこんなこと、正攻法で聞いて教えてもらえるかしら）

今までもこの部屋のことは、いいようにはぐらかされてきた気がする。今彼女はどこにいるのだろう――と考えながら廊下を歩いていくと、歌声が聞こえてきた。

綾子さんと祖母の部屋からだ。

祖母は窓辺の椅子に座って、ひとりで庭を見ながら歌を歌っていた。古い童謡だろうか、私の知らない歌だ。

「おばあちゃん」と声をかけながら、部屋の中に入った。祖母の肩越しに窓の外を見ると、綾子さんが庭の物干しに洗濯物をかけている。きっと今日何度目かの洗濯だろう。そんなことを考えていると、ふいに祖母が私の方を向いて「美苗ちゃん」と呼んだ。

驚いた。少なくともこの家に引っ越してきて以降、祖母が私のことを「美苗ちゃん」と呼ぶのはこれが初めてだ。心なしか表情も普段よりしっかりしているように見える。

「おばあちゃん、私のことわかるの？」

私が尋ねると、祖母はにこにこしながら「いつ帰ってきたの？」と言った。

「えーっ、ええとね、もう三か月くらい一緒に住んでるよ」

「あらぁそう。向こうで何かあったの？」

「実は……私、離婚したの」

　この世代のひとに「離婚した」なんて言ったらびっくりされるかな、叱られるかもしれないな——そう思っていたが、祖母はまた「あらぁそう」と言った。

「美苗ちゃんがそうしたかったんなら、それがいいわよ」

　私は拍子抜けしながら、それでもその言葉はありがたいと思った。祖母はゆっくりうなずきながら、「この家、ちっちゃい子どもがいるわねぇ」と言った。離婚のことなどもう忘れてしまったかのような口ぶりだった。

「ちっちゃい子どもって、桃花のこと？　おばあちゃん、桃花ってわかるかな」

「あたしの知らない子だねぇ」

　そうか、と改めて思った。桃花が生まれたとき、祖母にはすでに認知症の症状が出ていた。だからおそらく桃花のことは本当に「知らない」のだ。祖母は続けて「わたし、しいちゃんがいるのかと思ったわ」と言った。

「しいちゃん？」

「でもねぇ、しいちゃんが走るわけないわね」祖母はくすくすと笑った。しいちゃんとは誰だろう。祖母の幼友達だろうと思ってはいるけれど、改めて名前を呼ばれると引っかかるものがある。

認知症が進んだ今、祖母の意識はどの時代を旅しているのだろうか？　それも気になるけれど、この家をどう思っているのかも気になる。祖母も何かを感じたり、見たり聞いたりしているのだろうか？

「ねぇおばあちゃん、この家、その――どう思う？　今住んでる家のこと」

祖母は少し考え、「そうねえ、綾子さんが嬉しそうだからいいわね」と言った。

「綾子さんが……」

「あたしねぇ、前のおうちに住んでたとき、一度勝手に外へ出たのよ」

初めて聞く話だった。祖母はいつになくしっかりとした口調で続けた。

「あれねぇ、綾子さんがしんどそうなときだったの。あのひと、赤ちゃんだめだったでしょう。だからあたしのこと、一所懸命子どもだと思おうとしてるのよ。おばあちゃん、まるで子どもみたいねぇって何度も言うのよ。悪口ではないの、それでないとやっていられないってことがわかるのよ。あれが気の毒でねぇ、外へ出たの。すぐ見つかっちゃったけどねぇ」

「危ないなぁ。車に轢《ひ》かれたりしたらどうするつもりだったのよ」

「いっそそれでもいいかと思ったのよ」祖母はあっさりと怖ろしいことを言う。「でも綾子さん、こっちの家に来たら楽しそう。やっぱりほんとの子どもがいる家だからなのね」

いつの間にか窓の外にいたはずの綾子さんの姿がない。玄関を開ける音がして、廊下を歩くスリッパの音が聞こえてきた。

足音はどんどん近づいてくる。ややあって、「あらっ、美苗さんここにいたの」と言いながら、綾子さんが部屋に入ってきた。

「勝手にごめんなさい。あの、綾子さん。今おばあちゃん、私のことわかってたのよ。美苗って呼んでくれたの」

勝手に部屋に入っていたことを弁明する自分の声は、やはり言い訳めいて聞こえた。綾子さんは相変わらず朗らかな声で「あらー、珍しい！」と言った。

「たまぁに頭がはっきりすること、あるみたいよ。よかったねぇ、おばあちゃん。美苗さんですよ」

「綾子さん。美苗ねぇ、離婚したんですって。やさしくしてあげてね」

「はぁい」

綾子さんは苦笑まじりに応えた。

「じゃあ美苗さん、今日の晩ごはん何がいい？　できるだけリクエスト聞いてあげる」

「えっ、でも」

「いいからいいから」綾子さんは私に顔を寄せると「美苗さん、大変でしょ。ご飯のリクエストくらいしていいのよ」と言って微笑んだ。その笑顔は本当に屈託のないものに見えて、私は彼女に疑いを抱いていることが申し訳ないような気持ちになってしまう。

もしも私たちの住処《すみか》がこの家でなかったら――何度目かわからない「もしも」を心の中で繰り返した。そしたらどんなによかっただろう。でももう、桃花を取り戻さない限りは、この家を出て行くことができなくなってしまった。

人形のことを正面から聞いたとして、綾子さんはちゃんと応えてくれるだろうか――そう思っていたのは杞憂《きゆう》だった。思い切って祖母の前で話を切り出した私に、「そうよ」と答えた彼女は実にあっけらかんとしていた。

「あれねぇ、急になくなったからどうしたのかと思ってたの。怖い思いをさせちゃってたのね。ごめんなさいね」

「あの……あれはいったい何だったの?」

「あれはねぇ、友引人形っていうの。知ってる?」

そう言って、綾子さんはさながら子供に花の名前を問うように、私に笑いかけた。

「いいえ」

「死んだ人が親しかった人を連れて行くといって、友引にお葬式をするのを避けるでしょ。友引人形は、死んだ人が誰かを連れて行かないように、人間の代わりにお棺《かん》に入れるの。副葬品ってことね」

「綾子さん、よくそんなこと知ってたね」

「うちの地元でやってたのよ」

「そう……ねぇ、どうしてあの部屋にその、友引人形を入れたの?」

「うーん……なんとなくかな。そのときはそれがいいと思ったの」

綾子さんはおっとりとした声で答えた。「ひとつ屋根の下にいたら、なんとなくわかることってあるでしょう？」

その「ひとつ屋根の下にいたら」という言葉に、私はなぜか、ひどくぞっとさせられた。

祖母は話を聞いているのかいないのか、黙ってにこにこしているだけだった。


翌日から仕事に復帰した。定時退社すれば、病院の面会時間内に桃花のお見舞いに行くことができる。家族にも同僚にも心配されたけれど、そうすることが必要だと思った。桃花が戻ってきた後、私が職を失っていたのでは何かと困る。せっかく福利厚生のしっかりしたところに勤めているのだから、この職場を逃してはなるまい。

鬼頭さんの人形のおかげだろう、また静かな日々が続いていた。もっともあの人形を部屋に入れたからといって、桃花が戻ってくるというわけではなく、相変わらず容体が変わらないままの姿を見ていると心が痛んだ。私はあの部屋の中に声をかけ、落ち込みそうになる気持ちを励ましながら食事をとった。

私は鬼頭さんのような霊能者ではない。霊感らしきものも、特別な力も何も持っていない。それでもできることがあるのだと、彼女に教えてもらって本当によかったと思った。四六時中無力感に苛《さいな》まれているよりはずっといい。

何度か無言電話があり、私はそのたびに元夫のことを思い出して肝を冷やしたり、腹の中が煮えくり返るような気持ちになったりした。私はその無言電話の主を、すっかり元夫だと思い込んでおり、他に犯人がいるとは考えもしなかった。

家自体の小康状態とでもいうべき日々が続くなか、一週間ぶりに兄が帰宅した。土曜日の午前中だった。

綾子さんは夏風邪をひいたらしい祖母を病院に連れていき、まだ帰ってこない。たまたま出迎えた私に、兄は「これ綾子に渡しといて」と紙袋に入った大量の佃煮《つくだに》を押し付けた。

「なにこれ」

「買ってくるように頼まれてたやつ」

「それはいいけど、自分で渡したら？」

つい口調が尖《とが》ってしまうのは、兄だけがこの家から逃れているように見えるからだ。外泊が多いのも仕事なら仕方がない、こんな風に言うのはやめた方がいいと思いつつ、それでも言わずにはすまない。兄も私の心情はお見通しらしく、「俺だって好きで家を空けてるわけじゃないよ」と返した。

「大体俺が家にいたってなんの役にも立たないだろ。家事なんか何もできないし、だったら外で働いてた方がいい気がしない？」

「一概にそういうものでもないでしょ、家族なんだから」

「そういや、桃花ちゃんはどうなの」

露骨に話題をそらされた。突然桃花の名前を出されると、私は少し怯んでしまう。

「……ほとんど変わらない。入院したときのまんま」

「そうか。早く元気になるといいな」

「うん」

会話が途切れた。

ひさしぶりに顔を見て話せるチャンスを逃したくなかった。私は「ねぇこの家さ」と切り出した。

外泊の多い兄は、もしかするとこの家の異様な部分をよく知らないのかもしれない。そう思った私を、兄はすぐに「わかってるよ、気のせいじゃないと思う」と答えて簡単に裏切った。

「そうでもなきゃこんな便のいい土地のでかい家、あんな値段で買えないって」

「兄さん、平気なの?」

「平気っていうか……そもそも、何もかも百点満点で満足いくことなんかそうそうないよ。百点満点だと思ってたものでも、後になって我慢できないくらいの欠点が見つかることあるし、それよりは最初から瑕疵《かし》が見えてたほうが俺はマシだと思うよ」

元夫のことを言われたのだろうか、と思った。百点満点だと思っていたのに後で我慢できない瑕疵が発覚する。まさにそういう人だった。

先日のことは元義両親に連絡し、そちらで対処すると言ってもらえた。実際、その後は元夫の姿を見ていない。この短期間ではまだ判断できないかもしれないが……。

「そういえば無言電話があるの。何だと思う?」

そう尋ねてみた。別れた旦那《だんな》じゃないの? と言われるのを想定していた。ところが兄は「綾子は何か言ってた?」と尋ね返してきた。

「何で綾子さん？」

「なんでも。綾子は何か言ってた？」

「……特に。あまり気にしてないみたい」

「じゃあいいんじゃない」

兄はネクタイを緩めながら欠伸《あくび》をした。

私は綾子さんが電話に出ていたときのことを思い出した。確かに気味悪がっているとか、そういう感じではなかった。

「綾子が何も言わないならそれでいいんだよ。家のことは綾子に任せるっていう話なんだから」

「それでも、なんでも任せっきりなんておかしいでしょ」

私が反論すると、兄は首を振った。

「じゃなくて、そういう約束で結婚してもらったんだよ。俺が」

もうずいぶん前――確か私がまだ独身の頃、友人間で婚活の話をしたことがある。なにかの情報誌に載っていた「これが女性が求める最低ライン」などと銘打った男性像を指しながら、「これを最低というのは、女から見てもちょっと理想が高すぎ」とか「こんな男、婚活パーティーにそもそも来ない」みたいな話をした覚えがある。そのとき私は「これ、兄に似てるな」と思ったのだ。ソツがなく、欠点の少ない人だというのが、妹の私から見た兄の印象だった。
実際、地元の国立大学を出て、やはり地元で名前の知れた企業に就職し、明るくて優しい女性と結婚し——という軌跡を辿《たど》ってきた兄は、傍から見れば堅実で順調な人生を歩んでいるようだった。大抵のことを平均点以上でこなし、逸脱したところがないというのが、私が兄に幼い頃からずっと抱いてきた感想のようなものだった。

今そのイメージが、音もなく捲《めく》れるのを見たような気がした。

「綾子って実家の方で色々あったみたいで、何度も聞かれたよ。ほんとにわたしと結婚していいの？　って。結構渋られたから交渉したし、俺から譲って綾子のいいようにした。実家で同居したのも、ばあちゃんを老人ホームに入れなかったのも……まぁその、とにかくいいんだよ。綾子が何も言わないなら」

「そんなに綾子さんと結婚したかったんだ」

ぶつぶつ言いながら部屋の方に行こうとする兄の背中に、私はそう投げかけた。兄は振り向きもせずに「そうだよ」と応じた。

その日の夜、ふたたび足音が復活した。階下をトントンと歩く音を聞くと、子供の夜泣きを聞きつけたときのように目が覚めてしまう。常夜灯だけの暗がりで（またか）と思った自分のことが可笑《おか》しかった。いつの間に、こんな状況に慣れてしまったんだろう。

（桃花かな）

耳を澄ませてみたが、今回はどうも違う気がした。桃花の足取りではない。それでも軽やかで、幼子を思わせる音だった。

あの部屋にいる何かがこんな音を立てているのだろうか？　常夜灯を見上げながら考えた。あの部屋には一体何がいるのだろう？　それはいつからあそこにいるのだろうか？　私たちをあの部屋に呼んで、一体何をしようというのだろう？

この時初めて私は、この家で昔何があったのかを知りたいと思った。

一家全員が亡くなった事件のことを私はほとんど知らない。彼らはなぜ死んでしまったのだろう？　本当にあの部屋が関係しているのだろうか？

足音を聞きながらつらつらと考えていると、ふたたび眠気が押し寄せてきた。ずいぶん慣れて図太くなったものだと思いながら、私はまぶたを閉じた。

朝起きると、なんとなく家中がざわついているような感じがした。カーテンの隙間から光が漏れている。夜中に目覚める癖がついたせいで、最近は体が重く感じられる。

時計を見るとまだ七時前だ。日曜日にしては早すぎる。

トントン、とノックの音がした。

「美苗、起きた？」

母の声だった。私は布団の上に体を起こして伸びをしながら「どうかした？」と声をかけた。

「あのね——おばあちゃん、亡くなったの。たぶん夜のうちに。とにかく起きて」

祖母の死に顔は、まるで眠っているように穏やかだった。ベッドの上で亡くなっていたというから、本当に眠っている間に息絶えてしまったのかもしれない。ともかく、不審死と思われるような死に方ではなかった。祖母はもう九十歳で、それは仮に亡くなっても「大往生」と言われるような年齢なのだということを、私は再認識させられた。

セレモニーホールを訪れた人は少なかった。内藤家は親しい親戚《しんせき》が少ないし、祖母の友人知人はすでに亡くなっていたり、入院している人が多い。それでもこぢんまりした葬儀を終えて帰宅した頃には、皆がぐったりと疲れていた。こういうときの疲れというのは、普段の労働を終えて感じるものとは異質だ。

こんなに疲労しているときに、どうしてこの曰《いわ》く付きの家に帰ってこなければならないのだろう。着替えてリビングのソファにもたれかかりながら、私が考えていたのはやっぱりあの部屋のことだった。

祖母は間違いなく亡くなっていた。桃花のように昏睡《こんすい》状態に陥ったのではなく、本当に亡くなったのだ。医師の診断もある。これは確かなことだ。

祖母の死に、あの部屋は関係ないのかもしれない。関係がある証拠なんてどこにもない――自分に言い聞かせながらも、気になって仕方なかった。祖母が亡くなったのはあの中ではない、自室なのだと心の中で訴えたところで、「誰かが運んだんじゃない?」などと疑いだしてしまえばおしまいだ。そして今度は「じゃあ誰が運んだのよ?」という、自分の心が生み出した疑念と戦う羽目になる。

「もう夜だなぁ」

誰に語りかけるでもなく父が呟いた。

「お茶でもいれましょうか」

綾子さんが立ち上がった。彼女もいつになく静かな口調だ。私が「手伝おうか」と言いながら体を起こすと、綾子さんは「じゃあ、いい？」と珍しく答えた。やっぱり疲れているのだろう。普段なら「大丈夫、美苗さんは座ってて」と言われるところだ。

私たちはキッチンに移動した。湯が沸くのを待つ間、綾子さんが食器棚からマグカップを取り出して、トレイの上に並べる。家族全員がそれぞれの好みで買ってきたばらばらのマグカップが誰のものか、彼女は当然のように把握している。

すでにカップが五つ並んだトレイの上にもうひとつ、白地に花柄のカップを載せようとして、綾子さんははっとした様子で手を止めた。

私も、そのカップが祖母のものだということは把握していた。仏壇にでもお供えするのだろうかと思って見ていると、綾子さんが「うっかり出しちゃった。バカねぇ、わたし」と言った。

「あー、さびしい。さびしくなっちゃった。ねえ、美苗さん」

その声は、彼女の本心であるように聞こえた。

思えばここ何年も、祖母と一番長い時間を過ごしていたのは綾子さんだ。離れて暮らしていた孫の私よりも、血のつながらない彼女の方が、思うところはあるのかもしれない。

綾子さんはカップを手に持ったまま、右手の袖《そで》で目元を拭《ぬぐ》った。祖母の死が応えているように見えた。何を言いたいのかわからないまま、私は「綾子さん」と声をかけた。そのとき、

「おばあちゃん、いるかしら」

ぼそりと綾子さんが言った。「まだこの家にいるかしら」

廊下の方からぱたぱたと足音が聞こえた。足音は軽やかに響き、廊下とキッチンを隔てるドアの前で止まった。あまりに自然な音だったので、誰かがそこにやってきたのだとしか思えなかった。なかなか開かないドアを、綾子さんがさっと動いて開けてやった。

廊下には誰もいなかった。

そういえば、家族は全員リビングにいるはずだ。そのことを思い出した途端、背筋がすっと寒くなった。

このときから、真夜中以外にも得体の知れない物音が聞こえるようになった。

幕間　サンパレス境町904号室

「ちょう聞いてよ〜黒木くん、さっそく間違えた」

ちょっとコンビニ行ってくる、と言って部屋を出て行った志朗は、レジ袋を提げて戻ってくるなりそう話しかけてきた。両目をしっかり閉じているのに、ほぼ迷うことなく黒木の方にやってくる。妙な勘の鋭さはいつものことなので、黒木も慣れっこになっている。

「何をですか？」

「エレベーターで十階まで行っちゃった。習慣って怖ろしいね。ついいつも押してるボタン押しちゃう」

「ああ、同じ建物ですからね。俺もやりそうです」

「ボクらが間違えるんだったら、お客さんも間違えるかもね。二階堂くんに頼んで１００４のドアに貼り紙でもしといてもらおうか。慣れるまで地味に面倒じゃなぁ」

志朗はスマートフォンを取り出すと、画面は真っ暗なまま操作を始めた。一人で外出し、普通に電子機器を使う姿を見ていると、黒木は時々、志朗が全盲だということを忘れそうになる。

黒木には聞き取れないほどの猛スピードで、スマートフォンの読み上げ機能が喋《しゃべ》り始める。


各部屋に若干残った段ボールの開封は置いておき、午後から黒木の仕事は平常運転に戻った。主な業務は雑用や車の運転、それに「そこにいること」である。志朗が来客に対応している間、部屋の隅に立って客の動きを見ているのが黒木の仕事だ。最初のうちは「椅子いる？」と尋ねられたこともあるが、やることがなくて眠くなりそうなので遠慮することにした。

「よみご」の専門は凶事である。よい報《しら》せを告げることはあまりない。取り乱したり、怒り出したりする客もいる。そういうときにその体躯《たいく》を活《い》かして外に追い出すというのが、黒木の役目である。いわばガードマンであり、お守りの類《たぐい》だ。幸い、救急車や警察を呼ぶ羽目になったことはまだ一度しかない。強面《こわもて》の見た目に反して気の小さい黒木は、どうかその一度だけで済んでくれと願っている。

単発で訪れる客もあれば、定期的に何かのメンテナンスを行うようにやってくる、おなじみの顔もある。いずれの場合も、志朗は巻物を広げて彼にしかわからない何かを「よみ」、それから大抵ソファから立ち上がると、口の中で「動くな」などとぶつぶつ呟《つぶや》きながら対面の客の近くに回り、頭の上や肩から何かを摘み取って捨てるような仕草をする。「何もありません」と言うこともあれば、これからやってくる凶事を告げることもある。

志朗によれば「あらゆる生物の悪意のきれっぱしみたいなものがその辺に落ちている」という。それらが埃《ほこり》のように寄せ集まって固まりになる。よみごはそれを「きょう」と呼び、人についているものを取り去ることができる。簡単に取れるものもあればなかなか取れないものもあり、それを見極めるために「よむ」らしい――というのは黒木がこの二年間で聞きかじったり、志朗を見ていて見当をつけたもので、実際のところ彼がよみごやきょうについて、詳細な説明を受けたことはほぼない。人を呪うためにわざわざきょうを作ることもできるそうだが、その方法も知らない。目が見える黒木にはよみごになる資格はなく、だから志朗も詳しいことは教えないのだ。

どうしてマンションの一階下に引っ越したのかも、志朗は黒木に説明しなかった。黒木もあえて問うことはしない。とはいえ全く気にならないといえば嘘になるし、気がかりなのはここを訪れる客も同じらしかった。

「ご連絡いただいていたのに、つい１００４号室に行ってしまいましたよ。貼り紙があったんで慌てて下りてきました」

月に一度くらいの頻度でやってくる茅島《かやしま》という男性が、布袋様のような顔で笑いながらそう話した。

「それはお手間おかけしました」

「いやいや。しかし同じ建物内でわざわざ引っ越すなんて珍しいですね。前の部屋で何かあったんですか？」

茅島は不動産関連の仕事をしているせいか、引っ越しの理由が気になるらしい。志朗は呑気《のんき》な様子で「いやぁなんというか、験《げん》担《かつ》ぎ的なアレですね」とだけ答えた。

「はぁ～。まぁ、我々にはわからんこともあるんでしょうなぁ」

茅島も特に問い詰めるわけでもなく、この話はそこで終わった。

黒木は口は挟まず、ただ部屋の隅で（違うんだろうな）と考えた。志朗は「験担ぎ的なアレ」などという曖昧《あいまい》な理由で引っ越すような人間ではない、と思う。何か他に理由があるはずだ。

ただ、それは茅島のようないち顧客に教えたいことではないのだろう。そう考えて黒木は黙っていた。

茅島の他にも「なんでこんな引っ越しを？」と尋ねる客はいたが、志朗はいずれも適当に流した。そうやって一日の仕事が終わり、黒木は事務所を出て家路についた。

サンパレス境町のエントランスを出る。夜の気配を含んだ風が頬をなでていく。

歩道に出て数歩進んだところで、誰かが黒木の背を叩《たた》いた。

「ちょっとお兄さん、『井戸の家』って知ってる？」

振り返ると、見覚えのない女性が立っていた。小柄な老女だが、かなりの体格差がある黒木に臆する様子はなく、険しい顔でこちらを見ている。

「はい？」

「『井戸の家』よ。ご存じない？」

「はぁ、すみません。知りませんが……」

この人は道に迷ったのだろうか？　黒木はとっさにそう考えた。残念ながら聞き覚えのない名称だ。しかし女性は「知らない」と答えた黒木の前からも、立ち去ろうとはしなかった。

「ご存じないの？　ダメよ。知らずに住んだらえらいことになるわよ」

「はぁ……そ、そうですか」

適当に相槌《あいづち》を打ちながら、黒木は（どうしたものか）と考えた。なぜ自分に話しかけてきたのかわからないが、老女は真剣そのもののように見える。やや早口の高い声で、

「あたしはねぇ、昔あそこで家政婦をやってたことがあるの。だからよく知ってるのよ」

どんどん続けて話し始める。その様子に、黒木はふとひっかかるものを覚えた。

確証があるわけではない。でも、彼女の話し方はどこか、志朗の下を訪れる顧客たちと共通するものがあるように感じられた。

「気味の悪い家よ。変な部屋があってさぁ、ここには入るなってそりゃうるさいのよ。いないはずの子どもの足音が聞こえたりして……ああ厭《いや》だ厭だ。本当よ、あたしが働いてた頃にね……」

そのとき、エントランスの自動ドアが開き、

「あー！　ちょっとおばちゃん、この時間めずらしくないすか～？」

と、大きな声をあげながら二階堂が外に出てきた。

「も～、やめてくださいよぉ。おばちゃんが急に話しかけてくるから、この人困ってるじゃないすか」

「そんなこと言ったってあんたねぇ……」

女性は、今度は二階堂に向かっていく。それをいなしながら、二階堂は「黒木さんスイマセン！　帰っちゃってください！」と言ってにっと笑った。

「えっ……いや、いいんですか？」

「いっすいっす！　お疲れーす！」

言外に（むしろ一人で対応した方が楽なんで）という空気を感じた。まぁそう言うなら——と、黒木は踵《きびす》を返すことにする。それでも数メートル歩いたところで心配になって振り向くと、女性はやや落ち着いた様子で何か話しており、二階

堂はしきりにうなずきながらそれを聞いていた。やけに慣れた様子に見えた。

みんなうちにいればいいのに

「元々曰《いわ》く付きを承知でお買いになったんですから、こちらもそのとき散々申し上げておるんですよ。今更苦情のたぐいは受け付けられません」

不動産会社の男性はカウンター越しにそう言った。もう七十歳は過ぎているだろうか、小柄で一見気の弱そうな老人だが、物言いははっきりとしていた。思いがけず大きく響きのいい声で釘《くぎ》を刺してくる。

小さな、昔ながらの不動産屋という風情の店だった。あちこちに部屋の間取りなどがプリントされた紙が貼られている。「井戸の家」もあんな風に掲示されていたのだろうか、などと考えると、なぜか滑稽《こっけい》な気がした。

「確か例の部屋に入らなければ大丈夫という話だったと思うんですが」私は食い下がった。

「全然大丈夫ではないんです。入らなくてもあちらから出てくるようになって……さすがに話が違いすぎるんじゃないですか？」

「そう言われましてもね。まず『大丈夫』というのは霊能者の先生のご判断なんですよ。こっちは霊感なんぞありませんからね。言われた通りにお伝えしているだけです」

「鬼頭さんという方ですか？　彼女はお伝えしたのと話が違うと言っていましたが」

「キトウという人かどうか、こちらの一存でお教えすることはできません。個人情報ですからな。何にせよ私は言われたようにお伝えしただけです」

これが海千山千というやつなのだろうか、見かけによらず図太い。結局私は、空手で不動産会社を後にすることになった。

土曜日の午前中である。昨夜から雨が降っていて、夏にしては少し肌寒かった。

ビルの庇《ひさし》の下でメールのチェックをした。鬼頭さんからなにか返事がないかと思ったのだ。鬼頭さんとは連絡先を交換していた。電話番号とメールアドレスを教えてもらったが、やはりというか電話は苦手なのだという。そういうことならとメールでやりとりをするようになった。

新着メールはなかった。余程忙しいのか、ここのところ連絡がとれない。画面を眺めながらふと、鬼頭さんは普段何をしている人なんだろうと考えた。霊能者が本業なのか、それとも他に生業を持っているのか。家族はいるのかいないのか。私は自分が住んでいる家のことだけでなく、彼女のこともろくに知りはしないのだなと思った。

私は今更のように、「井戸の家」について調べようとしていた。なにかしら情報を得ることが事態を好転させはしないかと期待していたのだ。家の様子は、さながら坂道を転げ落ちるように、悪い方へと変化していた。

ひとまず不動産会社からこれ以上の情報を引き出すのは難しそうだ。収穫があったとすれば、鬼頭さんと不動産会社とで言っていることが違うという点について、はっきり確認できたことだろうか？

もしも――と、通知のない画面を閉じながら、私は考えた。本当に不動産会社が、「霊能者に言われたことをそのまま伝えている」のだとすれば、鬼頭さん以外の霊能者があの家に関わったということになる。仮にそんな人物がいるとすれば、一体どんな人なのだろう？　それを知ることが、この状況を好転させる鍵《かぎ》になるだろうか？

ぐずぐずとした考え事は尽きそうになかった。私は傘を開き、庇の下から出て歩き始めた。

鬼頭さんから最後に連絡があったのは、祖母の葬儀の翌日、十日ほど前のことだ。

『もうわたしの人形ではどうにもならないと思います。ごめんなさい。あの部屋に入ってはいけません』

メールの文面にはそうあった。

桃花が入院している病院へと向かった。容体は依然変わらない。家から持ち込んだうさぎのぬいぐるみに見守られながら、可愛らしい顔で眠っている。夢を見ているのだろうか。しばらく枕元で話しかけた後、洗濯物と新しい着替えとを交換して帰路についた。

家に帰るのは勇気が必要だった。

祖母の葬儀の夜に足音を聞いて以来、それまで真夜中にしか起こらなかった怪しい現象が、昼夜を問わず起こるようになっていた。最初は日が落ちてから、そして今は白昼までもが油断できない時間帯になっている。明るい時ですら背後に気配を感じて振り向くことがあり、それも本当に何かいるのか、疑心暗鬼なのかすら判然としない。

それでもこの家を出ていくという選択肢は、今の私にはなかった。家の中で感じる気配には、桃花らしきものもある。私は以前鬼頭さんに言われたとおり、努めて桃花に呼びかけるようにしていた。

桃花の気配を感じるのは家の中だけだ。私ひとりで家を出て行くわけにはいかない。

桃花も一緒でなければ絶対に駄目だ。


「美苗さん！　おかえりなさい」

玄関を開けると、音を聞きつけたらしい綾子さんが廊下の奥から嬉《うれ》しそうにやってきた。

これまでとあまり変わらないのは綾子さんだけだった。減ってしまったがそれでも大人数分の家事を淡々と片付け、家全体をきれいにし、例の部屋にも相変わらず風を通している。当たり前のように桃花の洗濯物を受け取ると、手を洗って戻ってきた私に「桃花ちゃん、どう？」と尋ねた。

「昨日と同じ」

「そう。早く目が覚めるといいね」

あっさりと受け答えしてもらうのが楽だった。「かわいそうに」などと言われたら、いたたまれなくなって泣き崩れてしまうかもしれない。彼女といると、安心できるようなできないような、奇妙な気持ちになった。

「昼間、昨日の残りの唐揚げでもいいかしら」

綾子さんが尋ねる。「放っておくと傷んじゃいそうで。ほら、いつものくせでたくさん作ったのに、おとうさんもおかあさんも圭さんもいなかったでしょ、昨日」

朗らかな綾子さんの声の合間に、みし、と床板を踏む音がした。

私たちが今いるリビングではない。廊下だ。

「もちろん。用意してもらえるだけで御の字だもの」

みし、みし、みし
足音を無視したくて、私はわざと大きめの声で答えた。

「よかったぁ。そうだ、甘酢あんかけにしようか。わたし、好きなのよ」

足音はゆっくりと、緩慢に、しかし確実に近付いてくる。

「私も好き。でもほんと、適当でいいのに。手間じゃない？」

昼食の話に集中しようと思っても、私の視線はリビングのドアに引き寄せられてしまう。

ドアにはめられた縦長の磨《す》りガラスの向こうに、人影らしきものが立っている。

今日この家にいるのは、私と綾子さんだけのはずなのに。

「いいのいいの、もう甘酢あんかけ食べたい口になっちゃった。お昼は決まりね。あと作り置きからもう一品出して、ご飯を炊いて、汁物作って終わりかな。楽しちゃうわね」

「もう、全然楽じゃないでしょ！」私はまた大きめの声を出す。「楽っていうのは外食とか、せめて出前くらいとらなくちゃあ」

磨りガラスの向こうで、小柄な人影が揺らぐ。

「ふふふ。じゃあ、お昼の支度始めちゃうね」

みし、みし、みし
「何もかも綾子さんにやってもらっちゃって悪いわね」

「いいのいいの。美苗さんは平日仕事なんだし、お見舞いもしてるんだから疲れるでしょ。わたしは家事が好きだし、それに最近はやることが減ってずいぶん楽なの」

綾子さんの口調は少し寂しそうだ。確かに手間は減っただろう。綾子さんは祖母の食事に気を遣っていた。祖母にだけ柔らかい食べ物を用意したり、誤嚥《ごえん》を防ぐために汁物にとろみをつけたり、手間をかけてくれていた。でも、もうその必要はない。

みし、みし、みし
足音がまた、ゆっくりと遠ざかっていく。

この音が綾子さんにも聞こえているのかどうか、私には今確認する勇気がない。「聞こえる」と言われるのも、「聞こえない」と言われるのも怖ろしい。

みし、みし
あの足取りは、気のせいだろうか、祖母によく似ている。そう思ったとき、綾子さんがふっと廊下の方を向いた。

「おばあちゃんも、みんなと同じ唐揚げでいいよね？」

その言葉は、たとえば影膳の話をしているようには聞こえなかった。生きている人に話しかけるのと、まるっきり同じ調子だった。

綾子さんの問いかけに答えるように、足音がぴたりと止んだ。


綾子さんが昼食の支度をしている間に、母に「今どこ？」と連絡を入れた。少しして『内覧』という簡潔な返事とともに、どこかのアパートかマンションのものらしき、空っぽの部屋の写真が送られてきた。

やはり家を出て行くつもりなのだ。まだ離婚の意思があるのかは定かでないが、ともかく別居の準備はこっそりと進めていたらしい。だけど今やその準備も公然のものになりつつあった。

一週間ほど前の夜のことだった。トイレに行った母がばたばたと足早に戻ってきたかと思うと、突然「出て行く」と宣言したのだ。

「何でもいい。もうこんなところにいられない。さっき腰のところを引っ張られたの。小さい、子どもの手だった。絶対に気のせいじゃない。今までも色々あったけど、触られるなんて初めて」

必死で訴える顔は真っ青だった。母がここまでうろたえる姿を、私は一度も見たためしがない。おそらく家族の誰もがそうだったし、まくしたてる剣幕に押されていた。最初に返答に至ったのは綾子さんだった。

「待ってよおかあさん。急にどうしたの。突然出て行くなんて」

「全然突然じゃないわ。綾子さんだってこの家がおかしいってわかってるでしょ？　これまでは真夜中だけだったから何とか我慢できたけど、もう少しも安心できないじゃない。うんざりなの、頭がおかしくなりそうなの！」

「ねぇおかあさん、ちょっと落ち着いてよ。大丈夫」

あっけにとられている私たちをよそに、綾子さんは落ちついた声で言い、母の手をとって握った。まるで実の娘がするように親し気だった。

「心配するようなことなんてないじゃない。みんなこの家で暮らしているだけなのに」

「やめて！『みんな』って何なの!?」

母は綾子さんの手を振り払うと、リビングの隅のソファに座った。ひとりで部屋の外に出て行く気はないらしい。私も極力夜はひとりになりたくないから、その気持ちは大いにわかる。

「綾子さんの言うみんなって何なの？　私たち生きてる人間だけよね？　まさか、あの子どもみたいなものも」

そうだって言うんじゃないでしょうね。母はきっとそう続けるつもりだったのだと思う。でも、その言葉は出てこなかった。母の声の合間に「こつん」という硬い音がした。小さいけれど、確かに聞こえた。

気がつくと、リビングにいた全員が廊下の方を振り向いていた。あの音は皆に同じように聞こえたのだと、そのときわかった。

「もう無理」

そう呟《つぶや》いた母の顔面は蒼白《そうはく》だった。

「とにかく出て行くの。もうこんなところで暮らせない。みんなだってそうでしょ?」

父の口が何か言いかけるように動いたその時、「行かないで」と綾子さんが言った。

「おかあさんがいなくなったら寂しい。行かないで。みんなで一緒に暮らしたらいいじゃない。それの何がいけないの」

私は幽霊を見たときのようにぎょっとした。綾子さんは泣いていたのだ。大粒の涙が頬にぽろぽろと流れていた。幼子みたいな泣き方を見て、兄が慌てて立ち上がった。

「母さん。家のことは綾子に全部――」

「ごめんなさい」母は顔を覆った。「もう無理。本当に無理なの」

翌日から母は、前々から少しずつ増やしていたらしい仕事のシフトをさらに増やし、なかなか帰らなくなった。家が少し静かになり、その埋め合わせをするかのように、足音や物音がまた増えた。


母から、新しいメールが届いた。

『今日外で会えませんか』

私は綾子さんがいるキッチンの方を窺《うかが》ったあと、「午後早めなら」と返事をした。

何かに見られているような気持ちのまま昼食を終え、私はふたたび外出した。

母とは駅の近くのコーヒーショップで落ち合った。さほど大きくないテーブルの上に、母はいくつかのアパートの資料を並べ始めた。

「美苗も一応見てよ。どこがいいと思う？」

「結構広いところを探してるのね」

母は呆《あき》れたように「だって、あんたも出るでしょう？　あそこ」と言った。

私は驚いて母の顔を見た。「まだ出ないよ！　あの家には桃花がいるでしょ」

「あの家……そうね、そう言うかもと思ってた」

母は眉間《みけん》を押さえ、それから手元のコーヒーを飲んだ。

「お母さん、お父さんはどうするの？　離婚は？」

「離婚するかどうかはともかく、お父さんも何だかんだ言ってあの家から出ないと思う。だから霊能者なんか探してきたんでしょ」

「お母さん、知ってたの」

「お父さんも私に隠してるわけじゃないからね、あのひとのこと——圭一も綾子さんがいるならあの家で暮らすと思う。でも私は無理。あの家に住んでると頭がおかしくなりそう。薄情とは思うんだけど限界なの。お父さんと圭一を置いて出るようで悪いんだけど」

美苗にもね、と言って母は少し黙り、急に「あんたはすごいね」と言った。

「そうかな」

「なんでも桃花ちゃんのことが一番じゃない。そういうところ、すごいと思うわ。産んだら当たり前みたいに子供最優先になる人もいるらしいけど、私はそうはならなかった。休みたいときは休んじゃうし、子供乗せて走るわけでもないのにバイクが手離せない。結局自分のことが一番なのね。美苗はすごいよ」

母はおそらく自嘲《じちょう》を込めてそう言ったのだと思う。でも、私だって兄だって、十分手をかけて育ててもらったはずだ。そのことを伝えると、母はほっとしたように微笑んだ。

「とにかく、母さんは仕事がんばって家賃払って、美苗と桃花ちゃんが逃げてきてもいいようにしておくから。いよいよ無理だと思ったら来るのよ。それから――」

「わかってる。今のところは誰にも言わないでおくね」

特に、子供みたいに泣いていた綾子さんのことを考えると、母が家を出ていくことは秘密にしておいた方がいいと思った。何においても労力を惜しまない綾子さんなら、母のひとり住まいに日参してでも連れ帰ろうとしそうだ。

店内でしばらく話してから母と別れた。記憶よりも小さくなった背中を見送って、私は別の方向へと歩き始めた。

しばらく歩くと市営の図書館があるはずだ。私は古い新聞を閲覧するつもりだった。

子供だった頃にあの家で起こった一家心中について、私はほとんど何も知らない。ネットで調べてもみたが、オカルト絡みの怪しい情報がたくさん出てきて、逆によくわからなくなってしまったのだ。すべてが嘘のように見えてきてしまう。

両親はこんな話をしたがらないし、近所の人たちは我が家を避けているきらいがある。昔の心中事件と今家で起きていることとが関係あるかはわからないけれど、とにかく一度は新聞どの紙媒体に当たっておきたかった。

歩きながらふと、こうして休日の午後をひとりきりで過ごすのが、ひさしぶりだということに気づいた。桃花が生まれてからこのかた、いつもあの子がいることが前提になっていたと思う。これが子供最優先になるってことなのだろうか、と考えた。

色んな人がいる。恋をしたら周りが見えなくなる人、何を見ても仕事のことを考えてしまう人。優先順位は人それぞれで、何を優先しているから偉いとか劣っているとか、そういうことを言うのは難しい。

とにかく今、私にとって大事なのは、母がいざというときの避難所になってくれそうだということ。それから桃花のことだ。

信号待ちをしていると、デニムのポケットの中に振動を感じた。電話がかかってきたのだ。通知を確認すると、相手は父だった。私は電話に出た。

「もしもし」

『美苗、今出られるか?』

父は急いでいるようだった。『今鬼頭さんに会ってる。美苗も来るか?』

指定されたのは徒歩圏内の喫茶店だった。進むうちにどんどん歩調が速くなり、到着したときには小走りで、すっかり息があがっていた。

落ち着いた内装の店内を見渡すと、奥の席で父がこちらに手を振っているのが見えた。対面に座っていた鬼頭さんが立ち上がり、私に向かって頭を下げた。

「鬼頭さん！」

足早にテーブルに近づきながら、安堵《あんど》で思わず大きな声が出た。ここしばらく彼女と連絡が取れなかったことは、私の中で大きな気がかりのひとつだったのだ。

鬼頭さんは驚いたのか、びくっと肩を震わせた。父の隣の席に座った私に、彼女は「す、すみません」とまた頭を下げた。

「め、メール、その、返せなくて。あの、母が」

「あの、かけてください」

私が促すと、鬼頭さんはまた「すみません」と言いながら、ガタガタと音をたてて椅子に座り直した。今日はどうしたのか、ひどく動揺しているように見える。

「あの、ほ、ほんとうにすみません。その、わたしの母が、な、亡くなりまして。それで、その、色々ありまして、ごめんなさい」

「そうだったんですか……ご愁傷様です」

こんなタイミングで葬儀が重なるなんて——厭《いや》な偶然だと思った。ちょうどやってきた店員にコーヒーを注文し、いなくなったところで改めてお悔やみを言った。鬼頭さんもそれに「あっ、ありがとうございます」と応《こた》えた。

「み、美苗さんも、その、ご愁傷様です。その、それで」

鬼頭さんは見る見るうちに額に汗をかき始める。それでもなにか言おうとする彼女を、父が一旦《いったん》止めた。

「鬼頭さん、ちょっと落ち着いて。あなたが悪いんじゃないんだから」

「で、でも、その、でもですね」

「まぁまぁ。美苗が来る前にちょっとお話を聞かせていただいたんだが」

父が代わりに話し始めた。

「元々『井戸の家』に関わっていたのは、鬼頭さんのお母様らしい」

鬼頭さんが向かいの席でこくこくとうなずいた。

「あの家を『例の部屋に入らなければ大丈夫』という状態にしたのがお母様の、ええと」

「ち、千雅子《ちかこ》です」

鬼頭さんが口を挟む。

「すみません。千雅子さんだそうだ。ただしそれがもう三十年も前の……井戸の家で一家心中があった時らしい」

「三十年?」

オウム返しと共に、妙な笑いがこみ上げてきた。ということは不動産屋の「大丈夫」という言葉も、まったくの嘘ではなかったわけだ。ただしそれは三十年も前の時点のことだった。ひどい話だ。なんていい加減なんだろう。ということは今は——

「千雅子さんが施した封印のようなものがだんだん劣化してきた上に、ご本人が亡くなったので、その、一気に綻《ほころ》びたらしい。それがおばあちゃんが亡くなった日の前日で」

父はうまい説明の仕方がわからないのか、どうにも難しい顔をしている。

私は「ああ、だから鬼頭さんはこんなに小さくなっているのか」と、どこか他人事《ひとごと》のように思った。彼女の母親が亡くなったのがきっかけだったのか。祖母が亡くなり、真夜中以外にも怪現象が起こるようになったのは、「一気に綻びた」からだったのか。

それが鬼頭さんに責任を帰するべきことかは、私にはわからなかった。それでも父が話をしている間、彼女は私たちに向かって、ずっと頭を下げ続けていた。

「鬼頭さん。とりあえず顔を上げていただけませんか」

父が声をかけた。「あなたのお話を伺った限りでは、あなたを責めるべきこととは思えません」

「すっ、すっ、すみません」

鬼頭さんはパッと顔を上げた。相変わらず年齢のよくわからない人だ、と思った。年齢だけでなく、普段何をして生活しているのか、背景のようなものがよく見えない。不思議な人だ。

「鬼頭さんは、お母さんからその封印に関して何かその」

私もうまく言葉が出てこない。封印だのなんだの、こんな話し合いを大人同士で真面目にしたことはたぶん、今までの人生で一度もない。自然と、普段の仕事で使う言い方が顔を出してしまう。「えーと、引継ぎみたいなことはされていたんですか?」

「い、いえ、母は、その」

鬼頭さんは首を振った。おそらく「していない」のだろう。

鬼頭さんを責める気になれないのは、たぶん私も父と同じだ。彼女の母親が施していた何か封印のようなものが、その人の死によって壊れてしまった。つまり鬼頭さん本人のせいではないことを、こんなふうに謝られると私は弱い。怒る気がそがれてしまう。

「う、うちは、その、そういう家系で、その、わ、わたしも母と、同じようなことを、や、やっています。でも、わ、わたしの方が、その、弱いので」

そういえば以前も「代々伝わる方法で拝み屋をしている」みたいなことを言っていた気がする。

鬼頭さんは躓《つまず》きながら話を続けた。ここから先はまだ父にも話していないことなのだろう。

「は、母がやったことというのは、その、あそこに『押し込める』みたいな、こ、ことなんです。げ、元気なうちはそれで、よ、よかったん、です。な、何年かに一回は、その、現地に行って、お、押し込め直したりとか、していたらしいし」

店員が私の分のコーヒーと伝票を運んできた。会話が途切れたのを見計らって、鬼頭さんは彼女の前に置かれていたアイスティーに口をつけ、ふーっと息を吐いた。

「で、でも、もう、綻びを、どうにもできなくなって、ここ数年、その……こ、喉頭《こうとう》がん、でした。お酒も、た、たばこもやらなかったけど、その、やっぱり、家系です、ね。肺に、転移して」

また一息ついてアイスティーを飲む。きっと彼女も辛《つら》いに違いない。

「は、母がわたしに、その、『井戸の家』のことを引き継がなかったのは、その……わたしが、よ、弱いからだと思います。ほ、ほかの人を探してたみたいで、でも、その、間に合わなくて」

またごめんなさいと頭を下げようとするのを、父が止めた。鬼頭さんはぴょこぴょこ頷《うなず》きながら話に戻る。

「あの、その、ほ、綻びを小さくする、というか、その、前くらいに抑える、というのは、わたしにも、なんとかできると思います。す、すごくがんばれば、ですけど」

鬼頭さんはそう言った。

「前くらいにというのは……」

「その、あの部屋に入らなければ、その、住めるくらいの状態に、な、なるかと」

「本当ですか⁉」

また大きな声を出してしまった。周囲の客が振り向く気配を感じる。父が私の腕をつついたが、その顔つきもはっきりと明るい。

「で、でも」と鬼頭さんが言った。「その、それだけ、です。私にできるのは——原因を、と、取り除くとかは、無理です」

「それでも今よりはマシになるんでしょう？　だったら」と身を乗り出しかけて、私は鬼頭さんの暗い表情の理由に突然気づいた。彼女も私の顔色が変わったのに気づいたらしい。いっそう暗い顔になって続けた。

「それをすると、その、も、桃花ちゃんも、一緒に、押し込めることに、なって、しまいます」

急に体中が冷たくなったような心地がした。

「わ、わたしには、それしか、その、できません。ごめんなさい」

鬼頭さんはそう言って、両手で顔を覆った。

「じゃあ、私はどうしたらいいんですか」

そう問いかけた自分の声が、やけに遠くで鳴っているように聞こえた。

息を吸うと、心臓が締め上げられるようだった。不安で胸がどきどきする。この件で今のところ唯一頼りになりそうなのは鬼頭さんだけなのに、彼女に桃花を助けられないのだとすれば、どうしたらいいのだろう。

以前話したとき、鬼頭さんは（わたしもがんばりますので）と言った。あれは誠実な言葉だったと思う。彼女は彼女なりに精一杯行動したうえで、今こうしてふたたび顔を覆い、頭を下げているのだ。

この人には桃花を助けることができない。それがどうにもならない事実なのだとしたら――

私たちには何ができるというのだろう。

「ご、ごめんなさい。あの家の、その、原因みたいなものを、と、取り除くことは、は、母にも、できませんでした」

鬼頭さんの肩が震えている。

「その――原因ってのは、何なんですか」

父が尋ねた。父の声も掠《かす》れている。異様な空気を察したのか、近くを通りかかった店員がちらりとこちらを向いたのがわかった。

「わ、わたしにも、それはよく、わからなくて、ただその、とても人恋しいんです。さ、寂しがっているんです。だからその、ずっと、人を呼んでいて、だからあそこはその、ずっと『家』なんです。ほ、ほかのものには、ならないし、その、誰かがきっと住んでしまうんです」

そのくらい強いものなんです、という言葉が、鬼頭さんの小さな唇から漏れた。

「――だから？」

私はテーブル越しに乗り出した。

「だ、だから、下手に手をつけたら、き、危険なんです」

「だから、じゃあ私たち、どうしたらいいんですか？」

父が私の腕を引っ張ったが、止められなかった。鬼頭さんをこんな風に問い詰めて何になるだろう、と思いながら、そうせずにはいられなかった。

「『押し込めておく』しか手段がないんだとしたら、どうしたらいいんですか？　私たち、桃花を犠牲にして暮らせってことですか？」

鬼頭さんは何も言わなかった。言えなかったのだと思う。

「それなら私は、今のままでいいです。今のままあそこで暮らして……」

「そ、それだと！」鬼頭さんが突然大きな声を出して、はっと口をふさいだ。「そ、その――また、誰かが呼ばれると、思います……」

「じゃあ」

「い、家を出られるのが、いいと、思います」

鬼頭さんは言いにくそうに答えた。「たぶん、それが、その、一番被害の少ない、方法かと、おも、思います」

「桃花を置いていけってことですか？」

自分の声が震えている。鬼頭さんが「ごめんなさい」と言った。

頭が真っ白になった。直後、乾いた音がした。自分の掌が鬼頭さんの頰を叩《たた》いた音だと気づくまでに、何秒もかかった。

「美苗！」父が私を自分の方に引っ張った。

「申し訳ありません、鬼頭さん」

鬼頭さんに謝る父にまたカッとなって、私は「なんで！」と叫んだ。店内がざわつく気配がした。

「お父さん、なんでそんな冷静でいられるの？」

自分にもどうしようもない感情の渦が頭の中で暴れていた。その一方で、こんなことをしてはいけない、と頭の隅でもうひとりの自分が叱っている。私はぐっと歯を食いしばった。

「い、いいんです。その……怒って、当然です」

鬼頭さんはそう呟いて、ずれた眼鏡を静かに直した。

いたたまれなくなって、私たちは店を出た。どのみち、これ以上話すことはなさそうだった。駐車場に停めてあった父の車に乗り込むとき、こちらに向かって頭を下げる鬼頭さんの姿が見えた。

私たちは言葉少なに帰宅した。道中、一度だけ「どうしよう」と独り言のように問いかけた。父は「すぐには決められん」と言い、それから「鬼頭さんに謝りなさい。気持ちはわかるけども」と付け加えた。

私は子供のように「はい」と答えた。

外から見る「井戸の家」は——依然としてここが「我が家」という感じがしない——なんだかこの建物自体が意思をもっているようだった。巨大な生き物のようだと思った瞬間、家が蠢《しゅん》動《どう》したように見えて私は目を擦った。門の内側に入ると、ざわざわとした気配に包まれるような気がした。

この家にいる何かは、人恋しくて、寂しがっている——鬼頭さんが言っていたことを思い出す。だからここはいつまでも「家」なのだと。私には家というよりも「巣」という感じがする。人間の言葉が通じない、得体のしれないものが潜んでいる暗い穴のように思えて仕方がない。

ここにずっと住んでいるのは厭だ。耐えられない。でも、ここに桃花を置いていくのも厭だ。「置いていく」という言葉を思い浮かべるだけで、胸がぎゅっと苦しくなる。

「大丈夫か？」

車を降りた私に、父が声をかけた。実際、ひどく疲れていた。あまりに感情が昂《たかぶ》ったせいだろう。私は「ちょっと休むね」と言って玄関をくぐった。

自室に戻る前に例の部屋の前に行き、「桃花」と声をかけた。

「桃花、早く戻ってきて。お願い」

返事が聞こえないか、足音がしないかと思って板戸に耳をつけた。畳の上をすり足で歩くような音が聞こえた。

私は溜息《ためいき》をついた。二階の自室に向かうと布団を敷き、その上に倒れ込んで目を閉じた。

いつの間にか眠っていた。何か小さな動物になって、暗い洞窟の隅で寝る夢を見た。


目が覚めた。

時計を見ると、夜の十一時を過ぎている。夕方頃に帰ってきたはずなのに、もうそんなに時間が経ってしまったのかと呆然《ぼうぜん》とした。途中で誰か起こしにきただろうか？　記憶がない。空腹でお腹がギュウ、と鳴った。

食事をして入浴をしなければ。私は立ち上がった。以前鬼頭さんに言われたとおり、三食きちんと食べて、ちゃんと眠って、元気な自分でいなければ――

私はまた鬼頭さんのことを思い出した。彼女の顔を、つっかえがちな声を、今日言われたことを思い出した。眠って頭がクールダウンしたのだろう、もう自分のやったことを後悔する番が来ていた。あとで謝罪のメールを打とう、と思った。

一階はすでに暗くなっていた。両親も兄夫婦も一階で寝起きしているから、もう皆眠ってしまったのだろう。もしくは部屋で眠れずに過ごしているのかもしれない。キッチンに行くとダイニングテーブルの上に一人前の食事がとり分けられており、電話台に置かれているメモ帳の用紙が添えられていた。きれいな文字で「美苗さんの分　おつかれさま」と書かれている。綾子さんだ。

あの人を信じていいのか悪いのかわからない。得体の知れない不気味さを感じているにも拘《かかわ》らず、こんな風に弱っているときには、彼女の気遣いがひどく身に染みてしまう。私は敵か味方かわからない人の作った料理を、それでも彼女は食事におかしなものを入れたりしないはずだと、謎の確信をもって食べ始めた。温めるのが面倒でそのまま食べたのに、豚こま肉で作る酢豚も、付け合わせの小鉢も、茄子《なす》の味噌《みそ》汁も美味《おい》しい。なんだか泣きそうになった。

食べ終えた食器を洗って水切り籠《かご》に入れ、入浴は二階でしようとキッチンを出た。今夜は静かだ。ついでにあの部屋に行って桃花に声をかけようと足を向けた。まだこの行為が無意味だとは思いたくない。

数歩歩いたところで私は足を止め、耳を澄ませた。

暗い廊下の奥から人の声が聞こえてくる。

これまで足音や人の気配はあったが、声が聞こえたのは初めてだった。

桃花かもしれない、と思うといても立ってもいられなかった。私は足音を殺して例の部屋に向かった。暗闇に目が慣れると、灯《あか》りを消した廊下の奥に人が立っているのが見えた。

綾子さんだった。

思わず喉の奥で「ひっ」と声が出た。綾子さんを見て驚いたせいではない。

あの部屋の戸が黒々と開いている。

「うん、そう、みんなここにいてほしいの。だってにぎやかな方がいいでしょ？　ね、やっぱりそう。わたしたち、そういうところ似てるもの」

綾子さんは開かずの間に向かって声をかけている。家族の誰かと話しているときと変わらない口調だった。声だけ聞けば、まるで当たり前の世間話のようだ。

暗がりに向かって話す姿に、私は「綾子さん」と呼びかけようとした。そのとき、こつん、と音が聞こえた。以前、リビングで聞いた音と似ていた。まるで、何かが綾子さんの言葉に対して、相槌《あいづち》を打ったように思えた。

綾子さんが突然こちらを向いた。

「あら、美苗さん。ご飯食べられた？」

「綾子さん……何やってるの？　誰かと話してたの？」

私は歩きながら彼女に詰め寄った。

暗いせいで、綾子さんがどんな表情をしているのかよくわからない。私は彼女の横に立って部屋の中を見た。真っ暗で何も見えないのにも拘らず、そこには何かの気配が濃密に立ち込めていた。何者かが確実にここにいるということを、私は改めて悟った。

綾子さんは黙って引き戸を閉め、錠をかけた。私はそれを止めようとはしなかった。むしろ彼女がそうしたことにほっとしていた。あと数秒それが遅かったら、「早く閉めて」と訴えていたことだろう。

「しいちゃん」

綾子さんが歌うように呟いた。

「なに?」

「しいちゃんと話していたの」

やはり綾子さんは何かを知っているのだ。

前々から彼女は、この部屋にいる何者かについて知っていた。どの程度かはわからないけれど、少なくとも「人間の代わりに人形を入れておこう」なんて思いつくくらいには。おそらく、この部屋にいるものが人恋しさのあまり人間を呼び込もうとすることを、彼女は理解しているのだ。

「美苗さん、おばあちゃんがよく、『しいちゃん』って言ってたの、覚えてる?」

綾子さんが言った。ふたたびこつん、と音がした。

「覚えてる。確か、桃花のことも間違えてそう呼んでたよね。ねぇ、しいちゃんって誰? どうして綾子さんが知ってるの?」

「わたしもそんなには知らないのよ。ただ、この子がしいちゃんなんだってことはわかるの。ああ、懐かしいなぁ」

「なんですって?」

「懐かしい。しいちゃんが欲しがってる家族、わたしの家とよく似てるの。懐かしいなぁ、そんな感じの家だったの。わかるなぁ」

こつん、こつん。まるで綾子さんに共感するかのように、音が何度も聞こえた。それはさっき戸を閉めたばかりの、開かずの部屋の中から聞こえてくるようだった。

「わかるって？　一体何？」

そう問いかけた自分の声が、震えているのがわかった。

「家族は多い方がいいの」と綾子さんが言った。「家はにぎやかな方がいいでしょう」

「わからないわ。何を言ってるの？　しいちゃんって何？」

「小さい女の子」

きゃははは。

綾子さんの声にかぶせるように、今度は部屋の中から笑い声が聞こえた。

甲高い子供の声だったが、桃花の声ではなかった。聞いたことのない声が、無人のはずの室内から確かに、はっきりと聞こえた。

固まっている私に、綾子さんが「ちょっと話しましょうか」と言った。

「もう夜遅いからちょっとだけね。よく考えたら美苗さん、わたしのことあんまり知らないでしょう。この家をずっと出てたもんね。家族なのにそういうの、よくなかったわ」

綾子さんはそう言いながら、キッチンの方に向かって歩き出した。私はつい引き込まれるようにして、その後を追った。

真っ暗なキッチンの灯りを点け、私たちはダイニングテーブル越しに向かい合って座った。
大家族だったのよ、と綾子さんは話し始めた。

わたしの実家ね、昔は家の中にいっぱい人がいるのが当たり前だったの。田舎の旧家だったから家も広いし、外からの光や照明が届かないところもあってね。誰かしらいないと、怖くて仕方ないくらいだったの。大ばあちゃんとばあちゃんとじいちゃん、父さんと母さん、叔母《おば》さん、叔父《おじ》さん、一番上の姉と旦那《だんな》さん、姪《めい》っ子たち、二番目の姉さん、わたし……時々別の親戚《しんせき》がいたりしてね。そんなもんなのよ。わたしにとってはそれが普通だったの。

あの頃は楽しかったなぁ。今はもう、実家の方はなんにもないけどね。家も家業もなくなってみんなばらばらになっちゃった。そうそう、女が多いの。そもそもうちって、女が家を継いでいたのね。どういうわけか、女ばっかり生まれる家なのよ。だからお婿さんをもらうの。不思議と婿に来たいって人が見つかるのよね。「人形つくりの家」は厭だっていう人が、地元じゃ多いんだけど――。

そうなの。友引人形の話をしたこと、あったでしょう。わたしの故郷ではああいう感じで、副葬品の人形を棺《ひつぎ》に入れていたの。今もやってるのかな、亡くなった人の死出の旅に、お供をつけてあげるのよ。

うちは代々、その人形を作る家だったの。死人が出たら必ずと言っていいほど入れたっけ。

入れないと家族が連れていかれるっていってね――でも、ちい姉さんは信じてなかったな。わたし、二番目の姉のことをちい姉さんって呼んでたの。ちい姉さんが信じてなかったからあんなことになったんだろうな。

人形って、作り溜《だ》めはしないのよ。誰かが亡くなると連絡がきて、それで初めて作り始めるの。そういうものなの。特に母はうまくてね――もう亡くなったんだけれど。

うちの分家で子どもが亡くなってね、そのときも副葬品の人形を母が作ったの。小さな子につけるやつだからって、特に念入りに作っていたっけ。

それを先方に持っていこうってタイミングで、母が突然倒れたのよ。本当に突然でね、救急車を呼んだんだけど、その日のうちに亡くなったの。

もう大騒ぎよ。そんな状況でも、人形は向こうに届けなきゃいけないでしょ。それをちい姉さんがやることになって――ああ、あのときわたしがやっておけばなぁって、今でも思うのよ。

ちい姉さん、自分が急いで作った人形と母の人形をすり替えたの。

なんでそんなことしたんだって、驚いたけどね。ちい姉さんが言うのよ。「母さんの最後の人形を、本当に燃やしてしまっていいのか」って。形見としてとっておきたい、こんな人形作れる人なんてもう出てこないって言うのよ。

家族みんなが怒ったけど、ともかく代わりの人形は向こうに渡しちゃったし、その頃にはもう焼いちゃった後でね。とにかく黙っておこうということになった。

でもそれはやっちゃいけないことだったの。

死人から副葬品を奪ったってことだからね。特に人形つくりの家の者がそれをやっちゃったんだから。

亡くなった子の四十九日の夜に、不審火で家が焼けたの。古くて天井が高いせいかな、あっという間に火がまわったんだって。家にいた人、だぁれも助からなかったの。

わたし、その日たまたま盲腸炎《もうちょう》で入院してて、ひとりだけ無事だったの。無事だったけど何もかもなくなって、ひとりぼっちになっちゃった。なのにあの辺じゃやっぱりまともに結婚もできなくてね——家が焼けたって「人形つくりの血筋」には変わらないわけだから。だからこっちに出てきたの。たぶんもう帰ることもないだろうなぁ。

その代わり、新しい土地で新しい家族を作りたいなと思って。たまたまこの家を見つけたときはびっくりしたなぁ。わたしの実家に似てるなって、いっぺんに惹《ひ》かれたの。それから色々あって圭さんと結婚できたし、おとうさんやおかあさんやおばあちゃん、美苗さんや桃花ちゃんにも会えて本当によかった。でも、もっと賑《にぎ》やかな方がわたしは好きだな。広い家に人がたくさんいて、みんな仲良く暮らすの。わたしはみんなのご飯を作って、たくさん洗濯をするのよ。晴れた日には何枚も布団を干して、靴を何足も洗うの。

それがわたしの夢だったの。

私は綾子さんの話を、黙って聞いていた。

ドアの向こう、キッチンの外に何かが立っているのが、目の端にずっと映っていた。磨りガラス越しに人間の頭のようなものが見える。私はなぜかそれを「小さな女の子だ」と確信した。

「わたしのお腹で子どもが育たないってわかったときはショックだったな。子どもの世話もしたかったのになって。子どももっていいよねぇ、本当にかわいくて面白いよね。だからこの家に住めたらいいなって思ったの。しいちゃんがいるからね」

こつん。綾子さんの言葉に反応するように、廊下の方から音がした。

綾子さんは廊下に通じるドアに向かって微笑みかけると、何事もなかったかのように立ち上がった。私は慌てて呼び止めた。

「ちょっと待って、子供って」

「この家には子どもがいるじゃない」

綾子さんは当然のように言い放った。

「そろそろ寝ましょうか。もう遅いから」

そう言うと、綾子さんは何事もなかったかのように廊下に続くドアを開け、キッチンを出て行った。

ドアの向こうには、何もいなかった。

綾子さんがキッチンを出て行ってしまった後、私は必死に勇気を振り絞って例の部屋に向かい、戸の前で桃花に呼びかけた。また聞き覚えのない子供の笑い声がしたらどうしよう、と思ったが、あそこにいるかもしれない桃花のことを諦《あきら》めてしまうのは、もっと怖かった。

「桃花」と呼びかけても返事はなかった。自分が何をしているのかわからない。本当に桃花が戻ってこなかったら、どうすればいいのだろう。

私は、ともすればあの部屋に入ってしまいたくなる気持ちを抑えて、二階の部屋に戻った。

その夜は、何かとても悲しい夢を見た。


目が覚めると頰が涙で濡《ぬ》れていた。とんだ日曜日の朝だった。

昨日行き損ねた図書館は、今日は臨時休館日のはずだ。この家のことを調べるはずだったのに——と思いかけて、また気持ちが重くなった。そもそも鬼頭さんがああ言った以上、この家のことを調べて何になるだろう？

鬼頭さんのことを思い出した私は、布団の上に身を起こしてメールを打った。彼女に謝らなければならなかったことを、申し訳ないけれど、今まで忘れていたのだ。

鬼頭さんに失望していない、何のマイナスの感情も抱いていないと言ったら、それはやっぱり嘘だ。それでも彼女には謝るべきだとわかっていた。鬼頭さんが悪いわけではないのだから。

何度も見直したメールを送信し、私はすっかり遅れてしまった朝食の席についた。両親の部屋からテレビの音が聞こえる。綾子さんは家の中にはいないのだろうか。ダイニングテーブルの上には、蠅帳《はいちょう》をかぶせた一人分の食事が置かれていた。

窓の外に青い空が広がっているのが、レースカーテン越しにもわかる。青空の色合いに夏の気配が漂っている。絵のように鮮やかな空を見て、これがフィクションならいいのに、と思った。ホラー小説で構わない。すごく強い霊能者が出てくるやつがいい。あっという間にすべての問題を解決してしまうような人が突然やってきて、魔法みたいに桃花が目覚めたらどんなにいいだろう。

朝食を終えた頃、家の固定電話が鳴った。折あしく誰も家にいないのか、電話は廊下で鳴り続けている。私は廊下に出て、受話器を取った。

「もしもし」

『も、もしもし、その、な、内藤さんでしょうか』

「鬼頭さん！」

受話器の向こうで、鬼頭さんが『は、はい』と応えた。電話越しだと、声が小さく聞こえて若干聞き取りにくいが、間違いなく鬼頭さんだった。確か電話は苦手だと言っていたはずなのに、わざわざかけてきてくれたのか。

『その、母の遺品の中に、あの、こちらの電話番号が。ど、どうやって知ったのかはちょっと、わ、わからないんですけど』

「鬼頭さん、昨日はごめんなさい。取り乱しました」

ほっとしたのだろうか、自分でも意外なほど言葉がすっと出てきた。鬼頭さんが電話の向こうで戸惑う気配がした。

『い、いえ、わたしこそ、その、力不足で、ごめんなさい』

ふいに受話器を持っていない左手を、何かに握られるような感触を覚えた。私の空いた手の指二本を小さな手で握りしめる感覚は、桃花のものによく似ていた。私は左側を向いた。もちろんそこには誰もいなかったが、私は桃花が来たのだと思った。

『み、美苗さん？　ど、どうかしましたか？』

鬼頭さんの声に、私は我に返った。

「すみません、何でもないです」そう答えた声が、少し震えた。

「あの、鬼頭さん。どうして電話をかけてこられたんですか？　父か誰かにご用でしょうか？」

『い、いえ、その、おうちの様子を、何と言いますか』鬼頭さんは言葉を探した。『け、牽制《けんせい》、ですかね。電話越しですけど、その、わたしたちのようなものがかけると、それだけで、その、ちょっとおとなしくなったり、し、しますから』

「そうなんですか」

『た、たぶん、母がこの番号を知っていたのは、その、牽制のためだと、お、思います。ば、晩年はもう、その、声なんかほとんど出てなかったから、こ、効果はわかりませんが』

私はそのとき、時々かかってきていた無言電話のことを思い出した。確か、祖母の葬儀の少し前から一度もかかってきていない。

もしかしてあれは元夫ではなく、鬼頭さんのお母さんだったのではないか。

鬼頭さんが何度か咳《せき》をした。

『す、すみません。わたし、こんなですけど、その、何かお役に立てたらと、お、思って――またかけます』

電話が切れた。

幕間　サンパレス境町９０４号室

突然の引っ越しから一日休業を挟んだ翌日、黒木はまったく変わらない通勤経路をたどって、サンパレス境町に出勤してきた。

９０４号室は角部屋である。何気なく上を見上げたとき、彼のすぐ隣を何か小さいものが通り過ぎた。

振り返ると、近隣の保育園のスモックを着た子供と目が合った。黒木に驚いたのか、子供はぴたっと足をとめ、顔をこわばらせて固まっている。後から母親らしき女性が追いつき、黒木に「すみません」と頭を下げると、子供を抱き上げてあわただしく去っていった。

（しまった、怖がらせたかな）

友人知人には「動く仁王像」とか「堅気には見えない」などと評される見た目の黒木である。他人に怖がられることも珍しくはないが、彼自身はそのたびに少し寂しく、また申し訳ない気持ちになる。

それにしても、この辺りは子供連れが多い。交通の便がよく、加えて近隣には保育園や小学校、小児科などもある。家族連れが暮らすにはちょうどいい地域だろう——などと考えながら、黒木はいつも通りエントランスに向かった。インターホンの前に立ち、いつものくせでつい１００４号室を呼び出しそうになってしまう。習慣とはなかなか抜けないものだ。

「あっ、黒木さんハザッス！」

ロビーに入った黒木に、管理人室の小窓の中から二階堂が声をかけてきた。

「今日もでかいっすねー。かっけーな、モビルスーツみたいで」

「はぁ……どうも」

褒められているのかけなされているのか、いまいち判断がつきかねる。

「二階堂さん、こないだ大丈夫でした？　あの後……」

「あー、あのおばちゃんね！　全然大丈夫っす。それより、引っ越しの後どっすかね？　シロさん元気すか？」

「まぁ……元気なんじゃないでしょうか。引っ越し自体はほとんど業者任せだったし」

内心（つい先日会ったばかりなのに、わざわざ聞くようなことか？）と不思議に思いつつ、黒木はそう答えた。

「っすよねー。何か不都合あったらオレの携帯にかけてくださいね」

二階堂は小窓から右腕を出して手を振った。黒木も軽く振り返した。

９０４号室の前まで来ると、チャイムを押す前からドアが開いた。相変わらずどんぴしゃのタイミングである。

「おはようございます」

「おはよ」

「なんか声変じゃないですか？」

「ボク疲れると喉《のど》にくるからね」

「ああ、引っ越し」

したばかりですからね、と言いかけて、黒木ははたと（それはないか）と思った。家具や荷物は業者がほぼ元通りに設置しており、残された作業は極めて少なかったはずだ。とはいえ住環境が変わるというのはそれだけで疲れるものかもしれない――と思いかけてまた違和感を覚える。同じマンションの階層を一階下っただけなのだから、環境はほぼ変わっていない。部屋の間取りも、窓からの景色も、何もかも元のままと言っていい。

何かしら別件があって疲れたのかと思いきや、志朗は「そう、引っ越しがね」と答えて咳払《せきばら》いをした。

午後六時、退勤した黒木が一階のロビーに到着すると、二階堂が管理人室から再び声をかけてきた。

「あっ黒木さん、お疲れーす。シロさん元気すか？」

またこの質問か、と思いながら、黒木は「げ……いや、普段より元気じゃなかったですね」と正直に答えた。

「そっすか！　どもです、あざーす！」

「どうも」

会釈して、黒木はエントランスを出た。

少し離れたところで、黒木は何気なく振り返った。青く暮れかけた空を背景に、十階建てのマンションがぬっと聳《そび》え立っている。

９０４号室は灯《あか》りが消えている。志朗は黒木が帰ると、すぐに部屋の照明を消してしまうらしい。何となく視線を下にずらしていく。すぐ下の階も、その下も、まだ灯りがついていないようだ。そのとき、マンションに面した通りの向こうから、楽しそうな子供の声が近づいてきた。

（不審人物扱いされる前に帰ろう）

改めて前を向くと、黒木は帰路についた。

ずっとうちにいればいいのに

電話を切ってからようやく、（しいちゃんのことを鬼頭さんに教えなければ）と気づいた。私どころか綾子さんにとっても詳細不明の存在らしいけれど、それでも何かの手がかりになればと思ったのだ。私たちにはわからないことでも、鬼頭さんにとっては大切な情報かもしれない。

電話の前でメールを打とうとしたところで、玄関が開く音と「ただいまぁ」という綾子さんの朗らかな声がした。私はぎょっとして編集画面を閉じ、メールを送り損ねてしまった。

しいちゃんのことは、なかなか鬼頭さんに連絡できなかった。不思議とそのことを思い出すのは仕事中だったり入浴中だったりして、（部屋に戻ったらメールを送ろう）などと考えるものの、なぜかすっぱりと忘れてしまう。なんだか家に邪魔をされているようで気味が悪かった。

ようやく会社に行く途中の車中で思い出し、（会社に到着したら連絡しよう）と心の中で唱えた日、私は職場の前で倒れて病院に運ばれた。夏の盛りのことだった。

倒れるのも無理からぬことではあった。家では頻繁に足音や人の声が聞こえるようになり、気が休まる暇がない。桃花は未《い》だに意識が戻る気配がなく、入院生活を続けていた。要するに私はひどく疲れていたのだ。

倒れたのはおそらく過労のためだろうと言われつつ、検査のために何日か入院することに決まった。家から荷物を持ってきた母は、私を見るとほーっと深い溜息《ためいき》をついた。

「すぐに無理するんだから。心配したのよ」

「ごめんなさい」

「まぁ、疲れちゃうのもわかるけど」

母も目の下にクマを作っている。家の中は、今や元気そうなのは綾子さんくらい、次点で兄がぎりぎり平気そうに見えるという有様らしい。

「ところで新居の契約、したわよ」

母はそう言って、にっと笑った。「結構いいところが見つかったと思うの。まぁ、バイクを置くのはちょっと厳しいかもしれないけど」

「そう」

「でも入居するのはちょっと先になっちゃう。まだ前の人が引っ越してなくてね……とはいえ、あんたの入院とかぶらなくてかえってよかったかも」

母はひとり住まいには広すぎるくらいの物件を借りたようだ。もちろん、私が避難してくることを見越してのことだろう。ありがたいけれど、心配でもあった。金銭面だけではない。もしも綾子さんにばれたら、母の引っ越しを全力で阻止しにかかるのではないだろうか。

「私もそう思う。だから綾子さんには絶対内緒ね。圭一にも言っちゃだめ。お父さんは一応知ってるけど、住所とか物件の名前までは知らない」

私は桃花のことを母に託した。入院中は声をかけることができない。鬼頭さんに言われたということもあるけれど、もしも桃花があの家にいるなら、名前を呼び続けてあげたかった。母は「わかった。どうせまだまだ引っ越せないし、任せといて」と請け負ってくれた。入院している病院へも通ってくれるという。ひとまず安心だ。

母が帰ってから間もなく、私はしいちゃんのことを思い出した。今なら鬼頭さんに連絡できる、と直感が告げていた。

携帯電話での通話は談話室でするように、という病院側の規定を思い出しながら、私はベッドから立ち上がった。多少立ち眩《くら》みがしたが、どうしても鬼頭さんと電話をしたかった。彼女の声を聞いて、情報が伝わったことをリアルタイムで確認しなければ気が済まなかったのだ。

病院の建物自体は古かったが、談話室は最近になって改装されたらしい。明るい色の壁紙に、同系色のソファがあちこちに置かれ、壁に沿って自動販売機が並んでいた。ほどよいざわめきが満ちている。生きている人間の発する音だ。心強い。

電話をかけると、鬼頭さんはすぐに出てくれた。電話が苦手だという彼女に、何度もかけてしまうのは申し訳ないと思ったけれど、声を聞くとほっとした。

『み、美苗さん、にゅ、入院したんですか⁉　えっ、その、大丈夫ですか？』

「過労じゃないかって言われました。一応色々検査はするみたいだけど、今のところ病気と診断されたわけじゃないんです」

『で、でも、その、無理はよくないです。もし、その、桃花ちゃんが、も、戻ってきたとき、美苗さんが、にゅ、入院とか、してたら』

「わかってます。会社も休むことになっちゃったし、この機会に休養をとるつもりです。あの──ありがとうございます。先日は本当にごめんなさい」

取り乱していたとはいえ、このひとを意味もなく叩《たた》いたということが、今はたまらなく恥ずかしかった。電話の向こうから、鬼頭さんの慌てた声が聞こえた。

『いえ、その、な、何度も謝らないでください。もう、こ、困ります』

その声が可愛らしく聞こえて、失礼かしらと思いながらも、私は小さく笑った。

しいちゃんのことや、綾子さんの実家のことを話すと、鬼頭さんは『そうですか』と呟《つぶや》き、少しの間黙っていた。

『あ、ありがとうございます。その、役に立つと、お、思います』

「そうですか、よかった……」

『お、お祖母さまは、その、認知症の症状が、で、出てたときって、その、子どもに戻って、ら、らしたんですよね』

ならば「しいちゃん」は、その当時の人物なのではないか──と鬼頭さんは言った。

「たぶん、今の家が建つ前のことですよね。調べられるかな……」

『わ、わたし、しら、調べてみます』

「本当ですか？　でも」

鬼頭さんに何でも任せすぎているのでは――急に心配になった。鬼頭さんは私の心を読んだかのように、『わ、わたし、その、大事にしたくて』と言った。

『わたし、その、なんにも、と、取り柄がなくて。で、でも、これだけはできて、その、役にた、立てるから……その、じ、自分も何か、も、持ってるって、思いたいんです』

「鬼頭さんはすごいですよ。私、鬼頭さんみたいに優しくなれません」

『えっ、あっ？　す、すみません』

素直に褒めたつもりだった。鬼頭さんは、自分で言うような「何の取り柄もない人」ではない――と私は思う。それが他人に伝わりにくい人ではあるのかもしれないけれど。

最後にもう一度私の体調を気遣って、鬼頭さんは電話を切った。私は談話室のソファに座り込んで、ほっと一息ついた。ようやく「しいちゃん」のことを伝えることができた。そのとき、通話を切ったばかりの携帯が震えた。

画面を見ると、ショートメールが届いていた。送り主は綾子さんだ。彼女の名前を見た途端、お腹の底がすっと冷たくなった。私の体調を気遣い、手伝えることがあったら何でも言うように伝えたあと、彼女はメッセージの最後をこう締めくくっていた。

『美苗さんがいないとさびしいです。早く帰ってきてね』

途端にああ、帰りたくない、と思ってしまう。空いた手で拳《こぶし》を握り、私は「ありがとう、早く帰りたいです」と返事をした。本当は厭《いや》だけど、早く帰らなければ。

あの家ではきっと桃花が、私のことを待っている。

病院に怪しいものは出なかった。少なくとも、私が家で遭遇していたようなものと出くわすことはなかった。ひさしぶりに安眠を貪《むさぼ》っていると、体力と気力が回復していくのを感じた。またあの家に戻っても大丈夫、自分は戦えるとベッドの中で拳を握った。

たった数日の検査入院だから、お見舞いに来るのは母だけだ。綾子さんが来るかと思ったが、「気を遣わせちゃうと悪いから」と言って家に留《とど》まっているらしい。父も兄も同じ考えらしく、私もそれを不満には思わなかった。

父の訃報が飛び込んできたのは、退院の日の朝だった。早朝、例の部屋の中で倒れていたらしい。表情は穏やかだったが、畳に酷《ひど》くひっかいたような痕《あと》があったという。まるで足元の床が崩れて、どこまでも落ちていくような気分だった。

今夏二度目の葬儀、それも自分の父親の葬儀に参列しながら、なぜか涙のひとつも出なかった。見えないものに追い詰められているような息苦しさがあった。

父は決して知り合いの少ない人ではなかったはずなのに、母は家族葬を選んだ。見たことがないほど憔悴《しょうすい》して、体の半分を削り取られたような顔をしていた。母は父と本当に離婚したかったわけじゃないんだな、と私は改めて思った。それもまたどこか他人事《ひとごと》のようだった。

母に代わって、綾子さんがてきぱきと立ち働いていた。祖母のときよりもその表情は明るい

――というより、何もかもが「普段通り」に見えた。

人が亡くなる、それも突然亡くなるというのは大変なことだ。心がかき乱されるだけではなく、様々な手続きが待ち構えている。憔悴している最中にやらなければならないことがたくさんある。私たちが呆然としている間に、諸々の雑用を引き受けてくれたことはありがたかったけれど、一方で私は綾子さんに恐怖を覚えていた。

なぜ綾子さんが悲しまないのか、おそらく私にはわかっている。彼女にとって、父は「まだこの家にいる」のだ。祖母のときにそれがわかったから、今回は悲しそうなそぶりを見せないのだろう。その価値観の埋めがたい差異が怖ろしかった。

母はいつの間にか新居への移住をキャンセルしていた。そのことを、一階の寝室で私に「ごめんね」と謝って、母は泣いた。

「美苗もわかるでしょ。お父さん、この家にまだいるのよ」

母がそう言うと、廊下に続くドアが風もないのにガタガタと鳴った。

「まだ亡くなったばかりなのに、こんな形でお父さんを置いていけない」

トントン、とドアがノックされた。

どうせ誰もいないに決まっている、と思いながらも、私は立ち上がって勢いよくドアを開けた。

やはり誰もいない。

ベッドサイドのテーブルには、父と母の写真が置かれている。兄の結婚式のとき、正装ついでにふたりだけの写真を撮ろうということになったのだ。その日はたまたま父と母の結婚記念日だった。

その写真立てが、突然ぱたりと前のめりに倒れた。


この家で亡くなった人間はきっと、この家に留まってしまうのだ。

おそらく私が認識できていないだけで、心中で全員亡くなったという井戸家の人々も、まだここにいるに違いない。


葬儀からほどなくして、家の固定電話に鬼頭さんから電話がかかってきた。彼女が前に言っていた「牽制」のためだろうか。私が父の死を告げると、電話の向こうで絶句する気配がした。

『そ、そうでしたか……その、ご、ご愁傷さまです。あの』

「鬼頭さんのせいじゃないです」

私がそう言うと、鬼頭さんは言葉の行先を失ったように黙り込んだ。ややあって、

『……美苗さん、わ、わたし、その、お線香をあげに、い、行っても、いいでしょうか?』

思い切ったような口調で言った。

『その、お、お宅に、直接お邪魔しても――いいですか。や、やりたいんです。その、あればですが。わたしにできることを』

そういえば以前、鬼頭さんはうちに入るのをひどく嫌がっていた――そのことを、彼女がやってきてようやく思い出した。電話をもらった日の翌日、日差しの明るい午後のことだった。門扉をくぐる前から、鬼頭さんの額には汗がにじみ始め、庭に足を踏み入れた瞬間、喉の奥で「うぅ」と獣のように唸《うな》った。その様子が異様に思えるのだろうか、通りかかったご近所の女性がこちらを不安そうに見つめている。

祖母と父の死が相次いで以降、近隣住民の態度は前にもましてよそよそしくなった。曰く付き物件に引っ越してきた挙句、立て続けに住人が亡くなったのだ。気味悪く思われても仕方がない。

「大丈夫ですか？」

ご近所さんを無視して、私は彼女に声をかけた。

「だ、大丈夫。大丈夫です」

鬼頭さんは両手を祈るように握りしめ、ふーっと長く息を吐いた。同じくらいの時間をかけてゆっくりと息を吸い、もう一度吐く。「い、行きましょう」

玄関の引き戸を開くと、目の前の廊下を目に見えない何かの足音がばたばたと走り去っていった。もうこれくらいでは大騒ぎしなくなった自分の神経が恨めしい。鬼頭さんは「よしっ」と小さく言って敷居をまたいだ。

「ふーっ。だ、大丈夫です。あ、案外、思ってたより、いけます」

あくまで名目は父のお悔やみだ。私たちは仏壇が安置されている座敷に向かった。普段は誰も使用しない八畳の部屋に、この座敷には不釣り合いなほど簡素で小さな仏壇が備え付けられている。祖母の位牌もここにある。父の位牌はまだない。

鬼頭さんは新しい線香を立てて、仏壇に手を合わせた。霊能者だから何か特別なことをするのだろうかと思っていたが、ごく普通の、心のこもった動作に見えた。

「鬼頭さんの言ったとおりだったかもしれません」

私がそう言うと、鬼頭さんは分厚い眼鏡の奥で目をぱちぱちさせた。何のことかピンときていないらしい。

「前、コーヒーショップで仰ってたでしょう。家を出た方がいいって」

「あ、はい。い、言いました」

ようやくそのことを思い出したらしく、鬼頭さんはこくこくとうなずいた。

「その、なんというか――父は呼ばれたんでしょうか。あの部屋に」

「そ、それは、その、わかりません。わたし程度では、何が起きたか――す、すみません。お話、あ、あとで伺います。あの、お部屋を」

鬼頭さんは言葉を切り、唾《つば》を飲み込んでから「お部屋を、見せてください」と言った。きっと、この家での滞在時間を極力延ばしたくないのだろう。

そのとき、襖《ふすま》をとんとんと叩く音がした。

「美苗さん、どなたかいらっしゃるの?」

綾子さんの声だ。「お茶でもお持ちしましょうか」

「あっ、大丈夫。お線香をあげに来てくれただけで、すぐ帰るって」

私はとっさに断った。鬼頭さんはいかにも具合がよくなさそうだ。のんびりお茶など飲んでいる場合ではない。

「そう？　なにかあったら言ってね。じゃあ、ご挨拶《あいさつ》だけしてもいいかしら」

襖がスラリと開いて、綾子さんが顔を出した。「あら、前に門のところにいらっしゃった方でしょ」

「そ、そうです」

言い当てられたことに驚いたのだろうか、鬼頭さんは正座したまま飛び上がりそうに見えた。

「美苗さんの兄嫁の、綾子です」

「は、はい」

鬼頭さんは名乗り返さず、ぺたんと頭を下げた。綾子さんはにこにこしながら「じゃあ、失礼しますね」と言って襖を閉めた。足音がキッチンの方に遠ざかっていく。あの部屋とは反対方向だ。

「今のうちに行きましょう」

声をかける。鬼頭さんは前にもまして真っ青になっていた。

「あ、あの方、連れていますね。その、あの」

ああ、と声を出して、彼女は膝《ひざ》の上で拳を握った。

「だ、大丈夫。大丈夫。行きましょう」

鬼頭さんは私を振り返り、もう一度確かめるように「行きましょう」と言った。

例の部屋はいつも通りにしっかりと戸を閉じ、錠がかけられている。それでも鬼頭さんは露骨に緊張し、青ざめた顔に冷や汗をかき始めた。

「鬼頭さん、本当に大丈夫ですか？」

「だ、だい、大丈夫です」

彼女は何度もふーっ、ふーっと深い呼吸を繰り返すと、正面を向いたまま私に尋ねた。「鍵、開けてもいいですか？」

「どうぞ」

錠を外し、鬼頭さんが木の引き戸に手をかける。思いがけず勢いよく、彼女はその戸を開いた。その瞬間、何人もの笑い声が部屋の中からどっと上がった。もちろん、中には誰もいない。窓も家具もない部屋の中央の畳に、よく見ればひっかいたような毛羽立ちがいくつも見えた。

唐突に、父の顔が目に浮かんだ。

（お父さん、なんでこんなところにいたの。それも夜中に）

父はここにいるのだろうか。私は心の中で問いかけたが、返事はなかった。

「あはははははは」

突然耳元で笑い声が弾けた。私と鬼頭さんの間の、何もない空間から聞こえた。耳に息を吹きかけられたような感覚を覚えて、私は「ひっ」と声を上げながら後ずさった。掌で壁を叩くような音が、べたべたと廊下の端から端まで移動していった。まるで子供がふざけているようだ。

「やめて」

突然、低い声が聞こえた。

最初は誰の声なのかわからなかった。数秒のち、私はそれが鬼頭さんの口から発せられたものだと気づいた。普段の彼女の声とは似ても似つかない、くっきりとした輪郭と重みをもつ声だった。

すっ、と辺りが静まり返った。鬼頭さんはまっすぐ部屋の中を見つめている。張りつめた空気が満ちたそのとき、鬼頭さんの鼻から、ポタンと血が落ちた。

「閉めて」

「はい！」

鬼頭さんに指示されるままに、私は部屋の戸を閉めた。鬼頭さんはポケットから取り出したハンカチを鼻に当てている。

「ず、ずみません、げ、限界です」鬼頭さんは私に頭を下げた。全身ががたがたと震えている。

「ご、ごめんなざい」

「いいです鬼頭さん、いいから早く外に行きましょう」

これ以上彼女をここにいさせるのは危険な気がした。私は鬼頭さんの肩を支えながら玄関まで歩き、靴を履くのもそこそこに外に出た。何かが追いかけてくるような気がして、頭の中が焦りで熱くなった。

門扉をくぐって少し歩いたところで、鬼頭さんが「も、もういいです」と言った。

「だ、大丈夫、大丈夫に、な、なりました」

鼻を押さえながらそう言った鬼頭さんは、もう普段と同じ彼女に見えた。

「本当に大丈夫ですか？」

「は、はい。離れたので、も、もう」

彼女はまた頭を下げた。「い、入れてもらって、その、おうちに。ありがとうございました」

「こちらこそ……あの、どうでした？」

「その、母のやった結界の、なんていうか、『下地』みたいなものが、その、残っているみたいなので……あの、思ったよりは、マシです。な、なんとか、なるかもです。あ、いや、ほ、ほんとにやるかどうかはその、も、桃花ちゃんのことも、その、あるので、その」

なんとかなるかも、と言いつつ、鬼頭さんの顔色は真っ青を通り越して真っ白だった。手先が震えているし、鼻血も止まっていないらしい。

本当に何とかできるのだろうか？　それにもし「なんとかなった」としても、桃花のことは解決しないままだ。

私の顔にはきっと不安な気持ちが表れていたに違いない。それは鬼頭さんも変わらないのか、「あの、その、なんとかなるかも、なので。か、確実とかでは——ないです」と、申し訳なさそうに付け加えた。

「その、ご、ご安心くださいとかは、い、言えないです。ただ、その、最善を尽くします。考えさせてください」

心細そうだった彼女の声に、そのとき一瞬強い芯《しん》のようなものが通った気がした。そのことが、私にはかえって怖かった。

（この家のせいで、鬼頭さんまで命を落としたらどうしよう）

それは実感を伴ったおそれだった。


ハンカチに鼻血をにじませながら「ぢ、ぢゃんと帰れまつ」と言う鬼頭さんをどうにも信頼できず、私は家の前にタクシーを呼んだ。彼女は何度も頭を下げた。

「あの、本当に無理しないでください」

私はまだ怖がっていた。私たちに関わったために、ある日突然鬼頭さんが死んでしまうのではないかと思うと、本当に怖ろしかった。

鬼頭さんは首を振った。

「だ、だい、大丈夫です」

「そうは見えないです」

私がそう言うと、彼女は黙ってうつむいた。

やがて「迎車」の表示を出したタクシーが私たちの前に停まった。鬼頭さんは下を向いたまま後部座席に乗り込み、「じゃ、じゃあ」とくぐもった声で言った。

「あっ、タクシー代――」

気を遣った結果とはいえ、本人の了解をとらずに呼んだタクシーだ。財布をとりに戻ろうとする私に、鬼頭さんは「い、いえ、いいんです」と言った。

「わたしが、その、勝手に来たので。じゃあ」

引き留める間もなく、ドアが閉まった。

遠ざかっていくタクシーのお尻《しり》を、私はしばらく見守った。それから家の中に入ろうとしたとき、「ちょっと」と声をかけられた。

近くの家の垣根から、この家のおばあさんが顔を出して手招きしていた。近所の人だから顔こそ覚えているものの、親しく会話などをした記憶はない。皆が私たちに対してよそよそしいのは、言うまでもなく曰《いわ》く付きの家に住んでいるからだ。

私が近づいていくと、彼女はいきなり私の右腕を摑《つか》んだ。

「お宅、引っ越した方がいいわよ」

「はい?」

「みんな遠巻きに見てるけど、心配してるのよ。あなたみたいな若い人まで亡くなったら気の毒だもの。ここ、ろくな土地じゃないのよ。あのね、戦前にこの家が建つ前にも立派なお屋敷が建ってたんだけど、そこも一家全滅したのよ。わたしが子どもの頃のことだから、大昔ですけどもね」

「前のご家族もですか」

思わず聞き返していた。井戸家の前にもここには家があった——決してありえない話ではないのに、そういえばちっとも考えたことがなかった。

「当時からおかしなことが色々あったのよ」

おばあさんは眉《まゆ》をひそめて、ゴシップを語るかのように話し始めた。「そこの奥さんが心を病んでらしてね、こんな大きな女の子の人形を乳母車に乗せて、そこらを歩き回っていたの。わざわざお菓子やなんか買って、それを囮《おとり》に近所の子どもを家に呼んで、お人形の遊び相手をさせたりね」

「人形を……」

また人形か。そう思った。綾子さんといい、鬼頭さんといい、人形に縁のある家だ。

そのとき「ちょっとおばあちゃん」という声がした。中年の女性が、家の方からこちらをながめていた。おばあさんと面差しがよく似ている。娘さんなのかもしれない。

「ごめんなさい、うちの母が変なこと言って」

女性はぱっと頭を下げると、おばあさんを伴って家の中に入っていった。きっと彼女も委細承知しているのだろう。早口で「井戸の家が云々《うんぬん》」と話すのが聞こえたような気がする。

呆然《ぼうぜん》とふたりの後ろ姿を見送ってから、(私も戻らないと)と思った。戻るしかない。怖ろしいけれど、一度でもあの家から逃げ出してしまったら、もう二度と帰ることができないような気がする。桃花に呼びかけることも続けなければならない。

庭の真ん中で「桃花」と口に出すと、何かが通り過ぎるように風が吹いた。ただの風なのか、桃花なのか、それとも別の何かなのか、よくわからなかった。

　こんなところに桃花をひとりで置いていくことを考えると、それだけで泣きたくなってしまう。唇を噛《か》みしめて家に戻った。

　家の中は静かだった。二階から掃除機の音が聞こえる。たぶん綾子さんだろう。今上っていくと鉢合わせしてしまう。彼女に会いたくなかった。会えばあの朗らかな笑みを浮かべて、「美苗さん、お客様もう帰っちゃったの？　ところで今日の晩ごはん、何か食べたいものある？」などと声をかけてくるに違いない。それが今は疎ましくてたまらない。

　私はリビングに入り、テレビを点けてソファに体を沈めた。ほとんどは実家にあった家具が続投しているけれど、このソファはこの家に合わせて購入したものらしい。まだ新しく、適度な硬さが心地よかった。入院中に多少回復したと思ったけれど、やはり疲れている。ぼんやりしているうちに、ついうとうととしてしまった。


　夢を見た。ここではない、懐かしい元の実家の慎ましいリビングで、父と並んで椅子に座っていた。すぐ隣にいるのになぜか表情がよくわからない。よく見ようとすると「見てはいけない」と言われてしまった。

「今度駅前のシネコンで『ひまわり』やるんだってな。母さんと観に行きたかったなぁ」

「ふーん」

　夢の中の私は、父が亡くなったことがわからないらしい。父のいる風景を、ごく当たり前のように受け止めている。

「美苗、あの部屋に入るなよ」

映画の話をしていたはずの父が、突然そう言った。「あの部屋って何なの」と聞いた自分の声で目が覚めた。

いつの間に来たのだろう。母がソファの傍に立って、私を見下ろしていた。

母は私が目を開けたのを見ると、「よかった、生きてて」とごくそっけない調子で言った。それがかえって重かった。

「あんたねぇ、こんなところで寝ないでよ。夏だからって、油断してると風邪ひくわよ」

そういうお母さんの顔色の方が悪いよ、と言いそうになってやめた。青白いを通りこして、紙のような生気のない色だ。母にも鬼頭さんのことをちゃんと紹介すればよかったかもしれない、と考えながら、私はゆっくりと身を起こした。

「寝言言ってたけど、何か夢でも見てたの？」

母に聞かれた私は、うすぼんやりした頭で「お父さんと話してる夢」と答えた。言ってしまってから（しまった）と思った。

今の母とどんな風に父のことを語りあえばいいのかわからない。話しているうちに、葬儀でも出なかった涙が止まらなくなってしまったらどうしよう。その気はなくても、母の負担になってしまったらどうしよう。こんなことは、今まで一度も経験したことがない。何が正解なのかわからない。

「どんな話してたの？」

母が静かな口調で問いかけてきたので、正直に答えるほかないと決めた。

「……あの部屋には入るなって言ってた。あとは、えっと、駅前のシネコンに『ひまわり』を観にいきたかったって」

あの部屋のことを気にするだろうと予想していたら、母は「ひまわり？」と私に尋ねた。怖いほど真剣な顔をしていた。

「えーと、そう言ってたと思うけど。でも『ひまわり』って古い映画でしょ？　今頃」

シネコンでなんてやっぱり夢っぽいね、と言いそうになって口をつぐんだ。母の口元がぶるぶると震えていた。何か悪いことを言っただろうかと心配する私の前で、母の目からぽたぽたと涙が落ちた。

「リバイバル上映するの、今度。昔観て、もう一度観たいねって話してたのよ。そう」

言葉が続かなくなった母をソファに座らせて、私はしばらく痩《や》せた背中を撫《な》でていた。この家にまだいる父の気配を確かに感じた。と同時に、私にもいつかこんな風に父の死を嘆く日が来るのだろうか、と考えた。


しばらく泣いた後で、母は「悪いんだけど」と言いながらふらっと立ち上がった。

「晩ごはん、いらないって綾子さんに言ってくれない？　私、たぶんあの人見たら我慢できずに当たってしまうと思う」

母の気持ちはわかる。この家に住みたいと強く意見したのは綾子さんなのだから、そこに責任の所在を求めてしまう心情は理解できる。

それをしたくない気持ちも想像できる。母も私のように綾子さんが怖いのだ。あのいつも朗らかで優しくて頼りがいのある彼女が、今は得体の知れないものに見えて仕方がないのだ。そんなものに面と向かってぶつかっていくほど、今は体力も気力も残っていないのだろう。

勝手口の開閉音が聞こえた。足音も。きっと綾子さんだろう。これから食事の支度をするのだ。私が「わかった」と言うと、母は「ごめんね」と呟いて足早にリビングを出て行った。

早く言いに行かなくちゃ。キッチンに行って、「お母さんの食事はいらない」って綾子さんに言わなくちゃ——そう思いながらも、足は重い。私だって母と遠からぬ気持ちなのだ。きっと私たちはもう、ひとつ屋根の下でなんか暮らしていくべきではないのだ。この家にやってきたときはまるで神様みたいに見えた綾子さんのことが、今は怖い。

この家は、私たちが住むべきところではなかった。


平静を装いたくていつも通り食卓についた。今そのことを後悔している。いつもと同じ綾子さんの料理なのに、全然美味しくない。私も気分が悪いと言って部屋に籠《こも》ればよかった。

綾子さんはエプロンをつけたまま、きれいな手つきで箸《はし》を動かしている。黙々と口を動かしている兄は、少し元気がないように見えるものの、弱っているというほどではなさそうだった。

「おかあさん、大丈夫かしら。やっぱり疲れたんでしょうね」

綾子さんが、母の部屋の方向に視線を向けながら言った。

「まぁそりゃ母さんも疲れるよ。ばあちゃんの葬式だってまだこないだのことなのに、二回目じゃね」

兄が答える。ぞっとするほど平静な声だった。自分の祖母と父親の葬儀の話をしているはずなのに、少しの震えもためらいもなかった。ずっと同じ家庭で育ってきたはずなのに、兄がこんなことを言うなんて——まるで、兄の着ぐるみを着た別の何かが話しているみたいだった。

「これ、美味《うま》いね」

「そう？　普通のめんつゆかけただけなんだけど」

「俺これ好きだな」

美苗はどう思う？　と話を振られそうな気がして、私は止まっていた箸を動かし始める。どうしてこんなときに料理の感想なんか言っていられるのだろう。お父さんがあんなことになったばかりなのに。

「ところで父さん、家にいるんだよな？」

茄子の煮びたしを飲み込んで、兄が綾子さんに尋ねる。

「いるわよ。足音でわかるもの」

「すごいなぁ。息子の俺だってよくわかんないのに」

「そのうちわかるようになるわよ。おかあさんの部屋の前によくいるから」

思わずドン、と茶碗をテーブルに叩きつけるように置いた。その音が自分でも驚くほど大きく響く。綾子さんと兄がぱっとこちらを向く。

「どうしたの？　美苗さん」

綾子さんの顔から笑みが消えている。心配そうに私を見つめている様子は、彼女がかつて保育士をやっていたという経歴を思い起こさせた。きっと優しい先生だったのだろう。ふさぎこんでいる子供の顔を、こんな風に見つめていたのかもしれない。

吐き気がする。

きっと、彼女には悪気なんて少しもないのだ。不謹慎なことを言っているという意識も、父の死の尊厳を踏みにじるような悪意もない。だからこそ私は、全身がぞわぞわするような嫌悪感を覚えずにはいられない。綾子さんだけではない、兄だっておかしい。私が実家を出る前——結婚前の兄は、私が知る限りこんな風ではなかった。

「美苗さん、さては怒ってるんでしょう」

静かな水面を打つように、綾子さんの声が響いた。私の手から箸が滑り落ち、床に当たって高い音をたてた。

「わたし、ふざけてなんかないよ」

綾子さんは続ける。「だっておとうさんもおばあちゃんも、ちゃんとうちにいるもの。なんにも悲しいことないじゃない」

「綾子さん」

「ねぇ聞いて」と私の言葉を遮ったときの綾子さんの口調は、聞いたことがないほど強かった。

「わたしの実家、焼けちゃったって言ったでしょ？　家から離れたところで家族全員の訃報を聞かされたとき、わたしすごく寂しくなったの。家の焼け跡を何度も捜したけど誰もいなくて、人って死んだらどこかに行っちゃうんだなって思って、ほんとに死にたくなるくらい寂しくて、悲しかったの。でもこの家で死んだ人はそうじゃないでしょ。どこにも行かない、ずっとここにいるの」

「違う」

「違うってなにが？」

争いの気配を感じたのだろう、兄が立ち上がろうとするのが目の端に映った。綾子さんはじっと私を見つめている。彼女の明るい茶色の瞳《ひとみ》に映る私の顔が、ありありと見える気がする。

「美苗さん、わたしたちもう、悲しんだり寂しがったりする必要なんかないの。家族は減ってない。この家がある限りここにいられるの。もっと前にこの家に引っ越していればよかった。そしたらお腹にいた子たちだって、ずっと一緒にいられたはずなのに」

ガタンと椅子を鳴らして、私はその場に立ち上がった。

「どうしたの？」

「ごちそうさま。もうあなたと話が通じる気がしない」

捨て台詞《ぜりふ》のようなものを吐きながら、ダイニングを出ようとした。

「まさか、この家を出て行かないよね？」

心配そうな声が追いかけてきた。

「出て行くわけないでしょ。桃花を置いていけないもの」

どうしてかわからないけれど、あの子の体はまだ生きている。起こす可能性のある方法があるのなら、何だってやってやりたい。

「美苗さん、わたし、美苗さんのことが大好きなの」

綾子さんが言った。

「そのうちわたしのこともわかってくれると思ってる。だって家族だもん。けんかしたりすれ違ったりしても、わたしたち家族だもんね」

私は黙ったままダイニングを出た。言葉の通じない相手に、もう何も言い返す気がしなかった。

怒りに任せて歩いているうち、足はあの部屋に向かっていた。

わけもなく桃花に会いたかった。私があの子に呼びかけるのをやめたら、桃花の魂はこの家にいるものと混じってしまうかもしれない。頭の中を焦燥でチリチリさせながら、私はきっちりと閉まった引き戸の前で「桃花」と声をかけた。一瞬間が空いたあと、まるで私を嘲笑《あざわら》うみたいに、部屋の中でどっと何人もの笑い声が上がった。

「やめて！」

私は部屋に向かって叫んだ。「やめて！　やめて！　やめて！」

鬼頭さんのようにはいかなかった。笑い声は止むどころか私を囲むように大きくなり、意味のない喧噪《けんそう》の中から浮き上がるように「あのひと、こっちにこないの？」という知らない女の声が聞こえた。

「来ればいいのに」

「ねぇ」

「かわいそうじゃない。こっちに来たらいいのに」

「美苗、来るな」

「どうして来ないのかねぇ」

知らない人々の声に混じって、また「来るな」という父の声が聞こえた。

「美苗」

突然背後から呼びかけられた。振り向くと、母が立っていた。

「部屋にいたら、お父さんの声でこっちに来いって……」

「絶対違う。それお父さんじゃないよ」

「でも」

「違う！　この部屋が呼んでるだけ！」

「そうね、そう、わかってるの。頭ではわかってるの」

母がうなだれて呟く。「でもそうだったらいいなって思ってしまったの」

いつの間にか辺りは静かになっていた。部屋の中から蛇が尾を引くように、ふふふ、という笑い声が聞こえた。

母は昔から元気な人だった。若い頃は本州をバイクで縦断し、年をとってからも活発に動き回るのが好きだった。自分でこうと決めたらどんどん歩いていってしまうような人だ——少なくとも私はずっとそう思っていたから、今の母はとても痛々しく見える。

廊下でしばらくなだめた後、うつむいたままひとりで部屋に戻ろうとする母に、「私もついてっていい？」と声をかけた。母は小さくうなずいた。私たちは何十年かぶりに、手をつないで廊下を歩いた。

両親の部屋のドアを開けると、兄が父のベッドに腰かけて、A4サイズの水色の封筒から中身を取り出し、読んでいた。母の口から「あっ」という声が漏れた。

「何やってるの!?」

気が立っていた私には、部屋の主に無断で入っていることと自体がひどく腹立たしい。兄は私たちをじろりと睨《にら》んだ。

「何やってるのはこっちの台詞だよ。ベッドの下の物入にしまってあったの、見つけたよ。母さんは大事なものは大抵こういうところに隠すから」

こちらに向けた封筒には、不動産会社の社名とロゴが印刷されている。いつだったか母が見せてくれた物件の資料を、兄は興味深そうに見つめている。

「もうキャンセルしたの」

そう言った母の声は震えていた。兄がまたこちらを見る。

「でも出て行こうとしたんだよな？」

「一度はね。でもやめたの」

「出て行こうとしたことには変わりないよな。もしも父さんのことがなかったら、出て行ってたんじゃないの？　困るんだよね、そういうの。綾子が悲しむから」

「綾子さんは？」

「綾子は食事の片付けしてるよ。美苗もさ、せめて飯ちゃんと食ってからけんかしろよ。よくないと思うよ、そういうの。ていうか母さんも美苗もさ、俺の嫁さんに散々世話になっといて、よくそういう態度がとれるよね」

まるでごく普通の嫁姑《しゆうとめ》問題を諌《いさ》めるような口調で、兄は私たちを叱った。

「そういう問題じゃないでしょ!?　そっちこそ何とも思わないの？」

「何を」

「自分の言ってることがおかしいと思わないわけ？　おかしいよ！」

「おかしい？」

兄はそう言うと、自分で吐いたその言葉を嚙みしめるように「うん、うん」と何度もうなずいた。

「そうだよなぁ、おかしいのかもしれない。そうなんだよなぁ、おかしいと思ったんじゃないかな。昔の俺なら」

そう言っては自分で肯定するみたいに「うん、うん」と繰り返す兄が、まったく知らない人間のように見えた。「何それ」と問いかけた自分の声が震えていた。

「でも俺はさぁ、もう内藤じゃなくて、雛伏の人間なんだよ。綾子と結婚したからさ。雛伏の人間っていうのは、そういうものなんだよ。そういうふうに考えるものなんだ。俺は綾子と結婚して、そのことがわかってきたんだよ。結婚式のときにスピーチで話したっけ？　最初に会った時から、この人と結婚するのが俺の運命なんだなってピンと来たんだ。綾子も言ってたよ。不思議と雛伏の家には、『おたくの娘さんとぜひ結婚したい』っていう男が、一代にひとりは必ず現れるものだって。じゃあ俺がきっとそのひとりになったんだなって、その話聞いて思ったよ」

「ねえ変なこと言うのやめて。怖いよ」

「俺なんだ」

兄が突然そう言った。

「ばあちゃんの死体を部屋に動かしたの、俺なんだ。本当はばあちゃん、あの部屋で死んだんだよ。でもそれがわかるとみんな怖がって、家から出ていっちゃうかもしれないと思ってさ。それから美苗の元旦那《だんな》に、美苗たちがここにいるって教えたのも俺だよ」

全身が凍り付いたように冷たくなった。

「みんながこの家から出て行かないようにしたかったんだよ」

そう言うと、兄は笑った。場違いに朗らかで、同時にか弱いものを慈しむような表情だった。

綾子さんに似ている、と思った。

冷たい沈黙が満ちた部屋に、突然「お父さんは？」という声が響いた。

母だった。

「お父さんは？　圭一、何かしたの？」

「してないよ」

「じゃあ、なんでお父さん、あんなところにいたのよ」母はそう言いながら一歩前に踏み出す。

「お父さんが滅多なことするはずないでしょ。あんたか、綾子さんが何かしたんじゃないの？」

「綾子はそんなことしないって」

「わからないでしょ！　お父さんはあの部屋のことを何とかしようとしてたの、それが綾子さんの気に障ったんじゃないの？」

「あのなぁ、おかしなこと言わないでくれる？」

兄がベッドから立ち上がる。

「だったら何でお父さん、あんな時間にあそこに入ったのよ。もっと日が昇ってからの方が明るくなるのに」

「知らないよ。人目を避けたかったんじゃないの？」

「そんなの、昼間だってどうにかなるでしょ！　おかしいのよ、たったひとりでなんて――」

おかあさん。

ふたりの口論に紛れて、幼い声が私の耳に届いた。

それが罠《わな》かもしれないなんてそのときは思いつきもせず、反射的に振り返った。開けっ放しのドアの向こうに人の姿はなく、ただ小さな足音がぱたぱたと遠ざかっていく。その足音がやけに懐かしかった。

「桃花」

私は廊下に出て後を追った。母に呼び止められた気もするが、振り返らなかった。桃花のことが気になっただけではなく、私はあの場から逃げ出したかった。争いの場にいたたまれなくなり、娘の面影にすがろうとしていたのだ。

足音を追いかけて角を曲がった先には、やっぱりあの部屋があった。その戸がほんの少し開いていて、そこからぞろりと、鮮やかな色がはみ出していた。

振袖《ふりそで》、に見えた。

大人のものほど大きくない。桃花の七五三を数え年でやったとき、フォトスタジオであんな感じの着物をいくつも見たことを思い出した。もう遠い昔のことのようだ。その時の記憶が脳裏をよぎった。

振袖がすっと部屋の中に引っ込んだ。次の瞬間、私の膝くらいの高さのところから、女の子の顔がにゅっと出た。

ほぼ直角に傾けたおかっぱ頭の黒髪が、まるで実体があるもののようにはらはらと下に流れた。切れ長の目が私をじっと見つめる。桃花ではない。知らない子だ。見たこともない。ただ、

「しいちゃん？」

私の口はそう動いていた。

女の子の顔が、部屋の中に吸い込まれるように消えた。

頭をはたかれたように我に返った。戸を閉めなければ、と思って駆け寄ると、さっき開いていたはずの戸がきちんと閉まっていた。錠もかかっている。

それでもさっき、あの部屋の中から女の子がこちらを見ていたはずなのだ。私の妄想なんかではなく、確かに見た。

「あなたがしいちゃんなの？」

私は部屋に向かって、戸の前でもう一度問いかけた。

こつん。硬く、小さな音がした。

「みんなかえってこなくなっちゃった」

幼い声が答えた。

私の目の前で、打掛錠がカタカタと揺れ始めた。錠がひとりでに動き、外れ始める。

開かずの間の扉が開こうとしている。

足が動かない。


電話が鳴っている。

誰がかけてきたのかわからないけれど、私には取ることができない。それにしても、うちの電話はこんな呼び出し音だっただろうか？　そもそもこの家に電話なんかあっただろうか？

うちに電話があってもかけたいところにないんじゃ仕方がないと言って、父が設置させなかったのではなかったか。もう何日も服を変えていない。もしかすると何か月、何年もかもしれない。窓のない部屋にずっと座ったままでいると、日付の感覚がなくなってしまう。最後に家族の顔を見たのはいつだっただろう？　みんなどうして帰ってこないのだろう？　もう空襲警報は鳴らなくなったのに。どうして私を置いてどこかに行ってしまったのだろう。電話はまだ鳴っている。誰も出ないのだからあとでかけ直せばいいのに、せっかちな人もいるものだ。一体家族の誰に用事があるのだろう。お父さん、お母さん、お祖母さん、兄さん、兄さんのお嫁さん、それから姉さんもいた。小さい方の兄さんも。みんなどこにいったのだろう。もしかするとわたしにかかってきた電話かもしれない。でも、そんな用がある人がいるのだろうか？　直接家に来てくれればいいのにと思うけれど、もしかすると鍵《かぎ》がかかっていて入れないのかもしれない。私には鍵を開けてあげることもできないから、おあいにくさまだ。私はこの部屋に座っていることしかできない。目の前には小さな杯が置かれ、生米がひとつまみ載っている。この部屋には不思議と鼠一匹来ることもない。この杯を置いたのはお母さんだったろうか、お祖母さんだったろうか。ずいぶん前のことで、もうわからなくなってしまった。畳の上に座布団を敷いて、その上に座らされている。もうずっと前にあつらえてもらった私専用の小さな座布団だ。あの頃はまだそれだけの余裕があったのだろう。電話がまだ鳴っている。この家にはないはずなのに、一体どこの誰がかけてきているのだろうか。ぼく宛だろうか。わたしにかかってきたのかもしれない。いや、私かもしれない。動けないから出られませんよと教えてあげたいけれど、それができない。やっぱり父宛だろうか。仕事の電話かもしれない。羽振りがよかったのはいつまでだったか、それもいつか盛り返すだろうと言っていたけれど一体どうなったのだろう。いや、やっぱり私にかけてきているのかもしれない。この家にいるのが私ひとりだと知っている誰かが、私に大事な用事があるのかもしれない。どんな用事だろう？　仕事のことだろうか？　個人のパソコンのパスワードは総務に聞けばわかるはずだ。そうじゃなくて学校のことかもしれない。昨日理科室の鍵を返すのを忘れた気がする。困った。早く電話に出ないとならないのに体が動かない。いつから体が動かなくなったんだっけ。そもそも私は一体誰なんだろう。ここに座って延々と考え事をしていることしかできないのは誰だっけ？　私。娘がひとりいる。夫とは離婚して、実家に戻ってきた。動物は飼ってみたかったけど飼ったことがない。商社でタイピストをしている。いや、電話交換手をしている。運転手をしている。いや、働いたことがない。まだ小さな子どもだから。わたしはまだちいさなこどもで、めんどうをみてくれたおかあさんやねえさんはわたしをおいていくときないていた。なくんだったらつれていってくれればいいのに。こんなおおきいものにしなければよかったとおかあさんがいっていた。わたしはちいさなこどもなのに。へんなの。

「ねぇちょっと美苗、どうしたのよ」

母の声が聞こえて、私は目を覚ました。

おかしな夢を見ていたらしい。いつの間にか朝になっていて、私はもう着替えて食卓についている。目の前には綾子さんが作った朝食が並べられ、母が私の顔を覗《のぞ》き込んでいる。

「ここのところ忙しかったからね。でも忌引きは今日までてでしょ。そんなにボンヤリで、仕事に戻れるの？」

「体調が悪かったら、明日もお休みした方がいいんじゃない？」

綾子さんが私の前にアイスコーヒーの入ったグラスを置いた。「まぁ急に休暇をとるってなかなか難しいものだと思うけど、体には代えられないからね」

「親の葬儀の後だからなぁ。俺が上司だったら休んでも仕方ないと思うかな」

トーストをかじっていた兄が口を挟む。

「その辺は人によるわね。昔いた課長はうるさかったなぁ～、もう三十年くらい昔の話だけど、嫌いすぎて未だに覚えてるわ」

母が言う。「そもそも有給余ってる？」と兄が私に尋ねる。

「おはよう」と言いながら、父がダイニングに入ってくる。

「ちょっと寝すぎたな」

「お父さんも疲れてるんでしょ。休みの日に庭いじりしすぎよ」

「庭だってかなり広いもの。やっぱり植木屋さんに入ってもらった方がいいと思うの」

「そうだよなぁ」

皆の話を聞きながら、祖母がにこにことうなずいている。私の隣に座っている桃花に「おはよ、しいちゃん」と舌足らずな声で挨拶をする。

「もー！　ももかだよ！　大ばあ！」桃花が不満そうな声を上げる。「しいちゃんは、あのこでしょ！」と、手を振ってどこかを示す。


目が覚めた。

とても暗いところにいる。


私は上半身を起こした。夢の中で泣いたのか、頬が濡《ぬ》れていた。

母の部屋を出てからどれくらいの時間が経ったのだろう？　記憶が定かでなかった。とりあえず掌に触れているのはフローリングではなく、畳だ。少なくとも私の寝室ではない。

真っ暗闇のなか、ゆっくりと立ち上がった。何も見えない。目の前にかざしているはずの自分の両手もわからない。ものにぶつからないようにゆっくりと歩きながら、私はようやく壁際に到達した。縋《すが》るものができるとほっとする。

電灯のスイッチはどこだろう？　この部屋がどの部屋であれ、スイッチは壁にあるはずだ。壁を撫でながらゆっくりと歩くと、すぐ部屋の隅に到達した。

壁に沿って方向転換し、私は蟹のように横歩きを続けた。まだ何かを蹴飛《けと》ばしたり、ぶつかったりしていない。ほとんどもののない部屋にいるようだ。少なくともリビングや台所や、誰かの居室ではない。

この家にはほとんど使われていない客間もある。仮にここがその客間のひとつだとして、どうしてそんなところにいるのだろう……無理やりそんなことを考えながら、私はもうひとつの隅にたどりついた。やはり電灯のスイッチはない。この先にあるのか、それとも、見つけ損ねてしまったのだろうか。

畳の上をすり足で歩く音が、部屋の中にかすかに響く。ほどなく次の角にたどり着いた。ここに来るまで障害物にも、スイッチにもまだ触っていない。

私の額から厭な汗がにじみ始める。考えないようにしてもう一度歩き始める。

灯《あか》り、灯りさえ見つかれば大丈夫だ。明るくなりさえすれば。普段使わない部屋だって電灯は設置されているはずだ。でも、さっきから壁を触っているけれど、この部屋にはスイッチどころか窓もない。棚のようなものも置かれていない。

つま先が壁に触った。

部屋の隅だ。四隅のすべてに触ってしまった。なおもゆっくりと横歩きをしながら、そんなはずはないと心の中で唱えた。

そのとき、指先に壁とは違う手触りのものが触れた。わずかな凹凸から、私はそれが木目のある、木の板だろうと見当をつける。

これは戸だ。

汗でぐっしょりと湿った手を当てて、私はそれを開けようと試みた。戸は動かなかった。何度も開けようとしたがびくともしない。嘘、と声がもれた。

今自分のいる場所が「あの部屋」なのだと、私はとっくにわかっていた。ただ、認めたくなかった。

確か、目の前で打掛錠がひとりでに動くのを見ていた。そこから記憶がはっきりしない。夢を見ていた。家族の夢だった。亡くなった祖母も父も一緒だった。それは覚えている。

でも、どうしてこんなところにいるのかがわからない。この部屋には絶対に入ってはいけないはずだ。自分から入るはずがない。

木の板を力まかせに叩いた。頼りない音しか聞こえない。声の限り「開けて！」と叫んだが、返事はなかった。母も兄も綾子さんも、どこでどうしているのだろう？　ひどく息苦しい。生き埋めにされているような気分だ。

「誰かいないの⁉」

部屋の外に向けて大声を出した。そのとき、着ていたシャツの端をぐっと引っ張られた。

「だれ⁉」

振り返ったが返事はなかった。静まり返っている。いつかのように嗤《わら》われたほうがまだマシだ。そのとき部屋の中で、こつん、と硬く小さな音がした。

こつん。こつん。

私は背中を木の扉に押しつけ、少しでも音から離れようとした。何かが硬い板のようなものを叩いている。なぜだかノックの音に似ていると思った瞬間、私の脳裏に夢の中で聞いた桃花の声が閃《ひらめ》いた。

（しいちゃんは、あのこでしょ！）

「しいちゃん」

私の口から細い声が漏れる。

こつん、こつんこつんという音が強く、速くなる。

こつんこつんこつんこつんこつんこつん。

やはりこれはノックの音だ、と私は直感する。

何かが出てこようとしている。

突然、私のズボンのポケットが震えた。

この振動はスマートフォンのマナーモードだ。私は慌ててポケットに手を入れた。震える手で取り出すと、眩《まぶ》しいほどの灯りが目に飛び込んできた。

やっぱり電話だ。「鬼頭雅美」と表示されている。

安堵《あんど》のあまり泣きそうだった。震える手で通話ボタンを押し、もしもし鬼頭さん、と呼びかけようとした途端、

『どぉ――――――――ん』

という大音量が、私の耳をつんざくように飛び出してきた。耳がキーンと鳴った。

『どぉ――――――――ん』

電話越しにも空気の震えそうな音――いや、声だ。私はようやくそれが、鬼頭さんの声だということに気づいた。

『どっ、すっ、スピーカー、スピーカーにしてください！』

合間に鬼頭さんが言い、やっぱりこれは彼女の声だったのだと私は改めて確信した。

今日の昼、この部屋の前で「やめて」と言ったときの芯のある声が、何倍にも増幅されて、単純な音色に乗り部屋に満ちる。

『どぉ――――――ん』

こつんという音はとっくにかき消され、今は続いているのかどうかさえわからない。ただ、こちらに向かって顔を出そうとしていた何かの気配が、元の場所へと逃げ去っていくような気がする。

『どぉ――――――ん』

『どぉ――――――ん』

そのとき突然戸が開いた。何ものかにはじき出されるように、私は部屋から転がり出て、背中から廊下へと倒れ込んだ。眩しい光が両目に飛び込んでくる。

「美苗さん」

廊下にひっくり返った私の目に、一揃いの赤いスリッパが見えた。

綾子さんが立っていた。エプロンで手を拭《ふ》きながら「なぁに、それ」と問いかけてくる。

「それ。誰から電話?」

ぞっとするような冷たい声に、私は思わず身震いをした。そのときふたたび携帯から、『どぉ――――――ん』というすさまじい声が鳴り渡った。ほとんど同時、被《かぶ》さるように、この家の外からまったく同じ音がステレオのように聞こえてきた。鬼頭さんのあの小柄な体から出る音とは信じがたい。まるで巨大な楽器が奏でられているみたいだ。その音色と音量で、家全体がビリビリと震えるようだった。

何なのこれ、と呟いたとき、インターホンが鳴った。

綾子さんが玄関の方を振り返る。私は立ち上がると、思い切って彼女に体当たりした。よろけた綾子さんを放っておいて玄関に走る。来客はすでに門扉を開けて入ってきたらしく、玄関の引き戸をドンドンと叩く音がした。

「鬼頭さん！」

戸を開けると、そこにはやっぱり鬼頭さんが立っていた。携帯を頬に当て、肩に何やら四角く膨らんだ大きな布のバッグをかけている。彼女は私の顔を見るとほっとしたように表情を緩ませ、その直後口に手を当てて激しく咳《せ》きこんだ。

「来てくれたんですか？　どうして？」

鬼頭さんは涙目をこすりながら、黙って何度もうなずいた。そして靴を脱ぎ捨て、ずかずかと家に上がってくる。迷わず例の部屋の方向に進む彼女を、私は追いかける他なかった。

「ねえちょっと！　今の何？」

母の部屋から声がした。窓から見える空にはまだ夕方の青さが残っている。ずいぶん長い夢を見ていた気がするのに、実際にはそれほど時間が経っていないようだ。

現実感がなくて足元がふわふわする。おかしな気分だったけれど、あれほど全身を支配していた恐怖はもう、私の中から消えていた。

角を曲がり、行く手にあの部屋が見える。その前にはやはり、綾子さんが立っている。

「あなた、美苗さんのお客さんだった方でしょ」

氷のような声で問いかけられた鬼頭さんは、口をハンカチで覆ったままうなずいた。

「困ります。家族の迷惑になるのでお帰りください」

「あの、その、あれは」鬼頭さんがようやく口元の覆いをとって、綾子さんに話しかけた。

「あれは、か、家族と言って、い、いいものじゃ、あ、ありません」

「あなたにとってはそうかもしれないけど、わたしにとっては違います」

綾子さんははっきりと言い切った。

「こんな話したって意味がありません。わたしとあなたとではそもそも考え方が違うので」

「こ、こま、困ります。その」鬼頭さんはまた咳きこむ。「あ、あなたと、その、話した方が、いいかと。話を」

「帰ってください。この家はわたしが守らなきゃならないんです」

綾子さんはあくまで冷たく、頑《かたく》なに言葉を紡いだ。

「ここから出ていって」

ただの人間のはずなのに、それでも思わず後ずさりたくなるくらい、そのときの綾子さんは怖かった。鬼頭さんは口元を隠し、またコンコンと咳をする。

母の部屋の方から、兄が走ってやってきた。綾子さんと鬼頭さんの緊迫した様子を見て何か言いたそうにしたが、綾子さんに「大丈夫」と言われて口を閉じた。

「ほんとにお帰りになったら?」

綾子さんが鬼頭さんに言った。一見親切そうだけれど、声はあくまで冷たい。

「それ、何回もできないんじゃないんですか? お辛《つら》そうですけど」

「そ、そんなことも、ないです。ふーっ」

鬼頭さんは下を向いて何度か大きく息を吐き、綾子さんの方に向き直った。「その、む、むごいとは、お、思いませんか」

「何のことですか?」

「む、無理に、その、人をこの家に、と、留めたりして」

「余計なお世話です」

「み、皆さんも、その、あなたも。出て行くべき、です。こ、この家から」

あなたも、というところに重心を置くように、鬼頭さんは言葉を続けた。ぞっとするほど冷淡な顔の綾子さんを見つめて、バッグの肩ひもを命綱のように握り締めているけれど、引き下がる様子はない。

綾子さんは首を振って、「しいちゃんを置いていけません」と答えた。

「あの子は一度捨てられてひとりぼっちになったのに、またひとりにするのは、それこそむごいと思いませんか? わたしはこの家で、あの子とわたしの望む家族を作りたいんです」

名前を呼ばれたことに反応するように、部屋の中からまたこつんと音が聞こえた。鬼頭さんはちらりと扉の方を見たが、何も言わずに綾子さんの方に向き直った。

「も、もう、何人もここで、その、亡くなって、それでも、た、足りないのに?」

鬼頭さんに退く様子はない。それどころか少し足を前に進めた。

「そ、その子の、か、家族は、いなくなって、しまったんです。だ、だから、ずっと、足りないままです。あ、あなたたちが、その、いればいいというものじゃ、な、ないんです。その、これからも、ずっと、人を呼び続けます。その、そんな、い、意味のない、ことに」

ふーっとまた大きく息を吐く。「――意味のないことに、ひ、人を巻き込むべきでは、ありません」

「帰ってください」

綾子さんが言い放つ。「家族でもないあなたに、わたしの家のことをどうこう言われたくありません。帰ってください」

「その、あの、それじゃ」鬼頭さんがバッグの肩ひもを一段と強く握る。「み、美苗さんたちが、その、出て行くのも、と、止めないでくれますか」

「はい?」

綾子さんの顔に、ふっと困惑の色が浮かぶ。「どうして美苗さんたちがこの家を出て行くんですか?」

「そ、それは、言ったとおりで……」

「美苗さんもおかあさんもわたしの大事な家族だし、家族を置いていくようなひとではありません。桃花ちゃんやおとうさんだってこの家にいるのに」

桃花の名前を聞くと、とたんに胸がぎゅっと締めつけられる。そうだ、桃花のことはまったく解決していない。体は病院で眠ったままだ。鬼頭さんにもどうにもできないまま、この家に置いていくことしかできないなんて――何度もそうやってきたように、私は自分の無力を嘆く。

綾子さんが「何もわかってないくせに」と言った。

「あなたが何を知ってるっていうんですか？　この家から出ていけなんて、あなたひとりが勝手によかれと思って言ってることでしょう」

「違います」

鬼頭さんはきっぱりと言い放った。

「そ、それは、違います。内藤さん――み、美苗さんのお父さんが、その、この家を出ろと、わ、わたしに伝えにきたんです。きょ、今日だって、わ、わたしを呼んだのは、その、桃花ちゃんです。お、お母さんを助けて、ほしくて。な、何も」

鬼頭さんはまた口を押さえて咳をした。まだ苦しそうな息の下で、「何もわかってないのは、あなたです」と続けた。

そのとき、綾子さんが笑った。普段とまったく同じ朗らかな笑みを浮かべて、「やっぱりわかってない」と子供を諭すように言った。

「おとうさんも桃花ちゃんも、まだ家族になじんでいないだけです。本当よ。家族はほかにもいっぱいいるけど、最後はみんな幸せになるんだから。おばあちゃんだって、しいちゃんに会えて嬉しそうにしてたんですよ」

その笑顔が、私にはぞっとするほど怖ろしかった。思わず握り合わせた自分の手は、汗をかいているのにひどく冷たい。

「もう話は十分でしょう。いい加減帰らないんだったら警察呼びますよ」

兄が口を挟んだ。

「ここの住人は僕らです。不当に居座っているのはあなたでしょう」

「違う、私の知り合いなの」

とっさに兄に向かって声をあげながら、私は今更のように母の不在に気づいた。母はどこにいるのだろう?

そのとき、突然ジリジリという大きな音が家中に響き渡った。

すぐにはそれが何の音なのかわからなかった。そのうち、辺りがだんだん靄《もや》がかかったように白くなってきて、ようやく私は、今鳴っているのが火災報知器だということに気づいた。

何かが燃えている、ということをようやく理解したそのとき、火災報知器のベルをかき消すように別の音が耳を裂いた。それが人間の声だとわかるまで、また少し時間がかかった。

呆然と立ち尽くしている私を押しのけるようにして、兄がキッチンの方へと走っていった。

私はといえば、悪い夢を見ているような気分だった。頭がふらふらして働かない。どうすればいいのかわからなくてただただ困惑していると、突然腕をぐっと引っ張られた。

「か、火事ですよ! 外! そ、外に出ましょう!」

鬼頭さんだった。私の腕を摑んだまままそう叫ぶと、また咳きこみ始めた。

煙がどんどんこちらに漂ってくる。そのとき、綾子さんがさっと踵《きびす》を返そうとした。鬼頭さんが空いている方の手を伸ばして、とっさにその腕をつかんだ。

綾子さんが驚いたような顔でこちらを向いた。

「あ、あの、あなたもその、にっ、逃げないと！」

そう言いながら、鬼頭さんは綾子さんと私を引っ張っていこうとする。その時、綾子さんが鬼頭さんの手をぱっと払った。

「心配してくれてありがとう」

さっきとは別人のような穏やかな顔で、彼女はそう言った。

「でもしいちゃんが怖がるから。あの子、火がきらいなの」

そう言うなり、綾子さんは開きっぱなしになっていた部屋の中に飛び込んだ。戸が閉まった。

「なっ、なっ、わっ、何やってるんですか！」

鬼頭さんが悲鳴のような声をあげた。

報知器のベルも、獣が吠《ほ》えるような悲鳴も、全部遠くで鳴っているようだ。おそらくこれが今日まで無理やり続けてきた生活の幕引きになる。そのとき私はようやく、この家のどこかにいるはずの桃花のことを思い出した。

「桃花、桃花は」

おろおろしている私に、鬼頭さんがぴしゃりと言い放った。

「桃花ちゃんは大丈夫です！」

それから彼女は、小柄な体に似合わない力で私を引きずり、玄関から外に出た。

リビングの窓越しに踊る炎が見えた。こんな時だけど綺麗《きれい》だ、と思った。私たちからやや遅れて、兄が玄関から出てきた。

「綾子は？」

私の姿を見つけると、兄は駆け寄ってきて必死に尋ねた。私が言葉を探しているうちに、鬼頭さんが「あ、あの部屋に、入りました」と答えた。

てっきり兄は大慌てで家に戻ろうとするだろうと思った。そうなったら止めなければ、とも思った。でもそのとき兄はほっとしたような笑みを浮かべて、

「それなら」

と一言漏らしたのだった。

周囲の家々から住人が出てくる。ざわざわという喧噪の向こうから、サイレンの音が近づいてきていた。


結局、家は半焼で済んだ。古いがしっかりした造りだったことや、壁紙やカーテンに耐火性のあるものが使われていたことなどが幸いしたらしい。隣近所への延焼もなかった。

火事はおそらく母が故意に起こしたものだろう。勝手口からガレージに入り、休眠中のバイクから抜いてあったガソリンを持ち出すと、キッチンとリビングに撒《ま》いて火を点けたらしい。

もっと量が多かったら大変なことになっていただろう。その際着ていたものに火が燃え移ったらしく、母はまもなく到着した消防隊員によってリビングから救出されたものの、搬送先の病院で亡くなった。一言も話せなかったから、経緯は推測するしかない。

他所《よそ》で命を落としたのだから、母の魂は「井戸の家」に残っていないのだろう。それが幸いなのかそうでないのか、私にはよくわからない。

ただ、母はこの家をめちゃくちゃに壊そうとしたのだろう、と思う。そうやって無理にでもここから出て行かなければいけないように仕向けたのだろう。無茶をしたものだ。

（お母さんてば、お父さんに叱られるよ）

喪失の実感がまだ得られないまま、私はひっそりと、心の中でそう呟いた。

火元から遠かったためか、それとも何かの力が働いたのか——例の部屋は、何の被害も受けずに焼け残った。

それでも綾子さんは亡くなった。煙とも炎ともまったく関係なく、自然に心臓が止まったとしか言えないような死に方だった。

あの部屋の中で、中央の畳の縁に爪を立て、眠るような穏やかな顔で倒れていたと、後から聞いた。

母と綾子さんの葬儀の後、兄が自室で首を吊《つ》って死んだ。こう言っては薄情なようだけど、私にとっては予期されていた死だった。

兄がどうしてあの部屋で死ななかったのか、私は知らない。遺書のない自殺だった。ただあえて考えるなら、あの部屋でこれ以上不審死が相次ぐとむやみに人に注目されるかもしれない。そのことを嫌がったのかもしれなかった。自分のためではなく、綾子さんのためにそうしたのだろう。

夏は嵐のように過ぎ去った。

母の死も兄の死も、あまりにも立て続け過ぎて、まるで箇条書きにされた遠い場所での出来事のようだった。悲しみも喪失感も実感に乏しい。それでも忌引き明けに出勤すると、同僚が開口一番「大丈夫？　ひどい顔色だけど」と尋ねてきたくらいだから、きっと応《こた》えてはいたのだろう。

忌引きに関する手続きをするために家族の死亡届を並べてみせると、上司はいたたまれないような顔をして、ぎこちなくお悔やみを述べた。目の前のことなのに、当時の私にはそれもひどく現実感を欠いたものに思えた。

それから少し経ったある日、定時ぴったりに仕事を上がり、まだ片付けの残る焼け残った家に一度立ち寄ったあと、私は桃花のいる病院に向かって歩き始めた。手には新しく買った着替えを持っていた。

まだ空に明るさは残っているが、日はだんだん短くなるだろう。ガードレールをふたつ挟んだ道路の向こうに、両親らしき男女と歩くふたりの子供を見た。小学生くらいの男の子が、保育園の制服を着た女の子と手を繋《つな》ごうとする。女の子がいやがってそれを振りほどく。男の子が「あぶないよ！」と言って、また繋ごうとする。一歩前を歩く母親が時々振り返り、一番後ろから父親がゆっくりとついていく。

私も昔、手を繋がれるのが嫌いな子供だった、と思ったら、なぜか突然涙が出てきて止まらなくなった。向こうを歩いていくのは名前も知らない他人の一家なのに、失ったものを一度に見せつけられたような気持ちになって、胸が爆発しそうになった。

慌てて近くのコンビニのトイレに駆け込むと、私はもう一度外を歩けるようになるまで、声を殺して泣いた。

一部が黒焦げになり、おまけに放水でめちゃくちゃになった家に住むことはできず、近くにアパートを借りて可能なかぎりの荷物を移動させた。例の家は相続を経て、すべて私の持ち物になっていた。

「ざ、残酷かも、しれませんが、その、手放した方が、いいです」

鬼頭さんに相談すると、彼女は遠慮がちにそう言ってひどくむせた。

「桃花はどうなるんでしょう。あの子、まだ病院で眠っているんです」

「も、桃花ちゃんは、その、あの状況下では、その、特別というか」

タイミングがよかったのだろう、と鬼頭さんは言った。桃花があの部屋に入ったとき、鬼頭さんの母親はまだ生きていたし、彼女の施した封印もまだ効いていて、部屋の力が十分に発揮されなかった。加えて桃花は私のことをとても気にしているから、中途半端な状態で魂が離れることになったのだろうという。

「す、すべて、その、推測です。すみません。でも」

私の小さなアパートで、鬼頭さんは頭を垂れて言った。

「桃花ちゃんだけは、その、家に取り込まれずに、す、済んでいると思います。体が生きているのが、しょ、証拠かと。それは、その、あの部屋の力がまだ失われていないという……そういうことでも、その、あるんですが。だから、も、もうちょっと、その、関わっていてもいいでしょうか。というか、その、そうなると思います」

私は「鬼頭さんのお気の済むようにしてください」と答えた。

どのみち私には、家を手放す以外にできることがなかった。なにしろ私だけでは家の修繕費も、維持費も支払うことができないのだ。あの部屋のことも、「しいちゃん」の正体もわからないまま、とうとう私は「井戸の家」を売却することに決めた。

曰く付き物件――しかも半焼した家がまだ建っている――はなかなか買い手がつかないだろうと心配したけれど、意外なことに、地元の不動産会社が早々に買い上げてくれた。それ相応に買い叩かれた感はあったけれど、ほっとした。
焼けた家屋は取り壊された。その際に鬼頭さんが立ち会ったようだが、私は詳細を聞かされていない。ふたたび立派な家が建ったが、いつの間にかまた売家になっていた。そこで何があったのか私は知らない。ただ時折近所を訪れてこっそり桃花の名前を呼ぶうちに、住人が逃げるように引っ越していったという話を小耳に挟んだ。

鬼頭さんが言ったとおり、家自体がなくなっても、あの部屋の力は失われていないのだ。

ふたたび家は取り壊された。今度は近隣の家も買収されたらしく、一面が大きな更地になった。建築会社の社名が入った囲いで一帯が覆われ、中で何かの作業が始まった時、私は胸の中でひどくざわつくものを覚えた。

（ずっと、人を呼んでいて、だからあそこはその、ずっと『家』なんです。ほ、ほかのものには、ならないし、その、誰かがきっと住んでしまうんです）

いつだったか鬼頭さんが言っていたことが、どんどんその通りになっていく。

その土地に大きなマンションが建つのを、私は不安を抱えたまま見ているより他になかった。

そうやって「井戸の家」の跡地に「サンパレス境町」が完成したとき、あの悪夢のようだった日々から七年ほどが経過していた。

桃花は眠ったまま、十歳になった。

いつまでも幸せにくらしています

「うわー、黒木くん、くっつけてきたねぇ」

その日、外出から戻った黒木が９０４号室に入るなり、リビングから出てきた志朗が、半分は笑い、もう半分は溜息をつくような口調でそう言った。

「……何の話ですか」

と一応尋ねつつ、黒木にも見当はつく。

志朗に頼まれて得意先の総合病院に荷物を届けにいった後、妙に肩が重い感じが続いていた。こんな風に肩が凝ったことはなかった。なんだか厭《いや》な予感がすると思いながらマンションに入ると、「おつかれーす！」と言いながら管理人室から顔を出した二階堂が、「ひょわっ」という声と共に中に引っ込んだ。

「黒木さん、今からシロさんに会いますよね！　じゃ大丈夫！　早く行ってください！」

これで何もないと思う方が、おかしい。

「黒木くんにくっついちゃったかぁ。大丈夫だと思ったんだけどなぁ」

リビングに戻りながら、志朗は当たり前のように言った。

「あの、何がですか」

「うーん、自然にくっつくようなやつより、もうちょっと重たいかな。説明が難しいんだけど。黒木くん、ちょっとそこに立ってて」

志郎はテーブルの上に巻物を広げ、手早く何事かを「よむ」。これ子供だなぁ、と何気ない口調で呟くのが聞こえ、黒木は思わずぞっとした。

「大きな病院って、溜《た》まりやすいからねぇ……ボクは行くと時々頭が痛くなったりするけぇ、なるべく黒木くんにお使いを頼むわけです。あはは」

「いや志朗さんは笑ってますけど、俺は大丈夫なんですか……?」

「いやいや、本当に大丈夫だと思ってたからお願いしてたんだって！　でもくっつけて来ちゃったかぁ。やっぱりボクのとこに通ってるからねぇ。感覚が鋭くなると、そういうものが寄ってくることもあるよねぇ」

志朗は巻物を巻いてテーブルに置き、黒木の方に向かって迷いなく歩いてくると、一歩手前で立ち止まり、「動くな」と言った。ここに引っ越してきたとき、二階堂に同じことをしていたな――と黒木は記憶をたどる。そのとき、急に重たい荷物を載せられたように、突然肩が重くなった。

驚いた。これを自分が体験するのは初めてだ。

「動くな。動かない。そう、そのまま。動くな」

ぶつぶつと呟《つぶや》きながら、志朗は黒木の肩から何かをつまみ、捨てるような仕草を何度か繰り返す。これも黒木にとっては見覚えのある、しかし自分に対しては初めての動きだ。

「はい、おしまい」

志朗は腕を伸ばして、黒木の肩をぽんと叩《たた》く。さっきまでの重みが嘘のように消えていることに、黒木は気づいた。

「あ、ありがとうございます」

「うん、いいんです。そうかぁ、黒木くんにもなぁ。やっぱり引っ越ししたからかな〜」

ぶつぶつ言いながら、志朗はリビングと寝室の間の引き戸を開けた。モデルルームのように片付いた部屋を前にして「やっぱりなぁ」と呟くと、引き戸を閉める。

（あれっ）

ベッドサイドのテーブルに、人形が置かれている。黒木が見た限り、それはここに引っ越してくる直前、志朗が宅配便で受け取ったのと同じもののようだった。

（これで七個かぁ……溜まったなぁ。無事なのが七個……）

志朗がそう言っていたことを思い出し、同時に違和感を覚えた。

とっさのことで、人形の数を正確に数えられたわけではない。だが、ベッドサイドに置かれた人形の数は、明らかに七個よりも少なく見えた。

「ねぇ黒木くん」

突然声をかけられて、思わずぎょっとしてしまう。

「な、なんですか」

「こういうものがくっついてくるってことは黒木くん、今ちょっとそういうものにチューニングが合いやすくなってるかもしれないね」

「チューニング?」

「要するに、普段見えないものが見えたり、ついてきちゃうかもしれないねってことです」

冗談ではない。黒木は思い切り顔をしかめた。


仕事を終えて帰宅した後も、翌朝になっても、肩の重みはきれいに消えたままだった。黒木は安堵《あんど》半分、(やっぱりあの時は何かが憑《つ》いていたのか……)という遅れてやってきた恐怖半分を抱えて家を出た。元々怖がりなのだ。とはいえ、道中ちょっとしたいいことがあったので、サンパレス境町の自動ドアをくぐる頃には、恐怖の方は大方取り除かれていた。

「黒木さん、ハザッス! なんか今日嬉《うれ》しそうじゃないすか?」

管理人室の窓を開けて、二階堂が声をかけてくる。彼は引っ越し以来、頻繁に黒木に話しかけてくるようになった。

「そんなに顔に出てますかね?」

そう尋ねた黒木に、二階堂は「出てますよ〜」と返事をして笑った。

「だって目が笑ってるじゃないすか。え、女の子絡みですか?」

「なんで即そこなんですか。志朗さんじゃないんだから」

とは言いつつ、まぁ当たらずとも遠からずだな、とも思う。どっちみち、二階堂に詳しく話すほどの出来事があったわけではない。ただ本当に「ほんのちょっといいこと」があっただけなのだ。

「シロさんね～！　あの人妙にモテるんすよね」と二階堂は腕組みをする。

「まぁ正直オレ、シロさんは羨《うらや》ましくないすね。あの人女切れないのはすごいけど、長続きしないしモメるし」

「ま、まぁそうですね……」

ランドセルを背負った男の子がエレベーターを降りて、元気よく「ニカイドーおはよー！」と声をかけてくる。それを潮に話を切り上げて、黒木はエレベーターに乗り込み、九階のボタンを押した。さすがに押し間違えることもなくなってきた。

９０４号室にはロボット掃除機が導入され、応接室の床を走り回っている。

「へー、買ったんですか」

「うん、ないよりいいよ」

志朗はそう言って欠伸《あくび》をした。引っ越し翌日のような疲れた感じはないものの、ここ一月、眠そうに見える日が増えた。

話をしているそばから、円盤型の掃除機は突然止まってエラー音を鳴らし始めた。「何かに乗り上げた」という意味らしいが、どう見ても何もない場所で引っかかっている。

見えなくても音で場所がわかるのだろう、志朗は止まっている掃除機の横にかがむと、床に置いたまま埃《ほこり》を払うように軽く叩いた。掃除機が再び動き始める。

「――役に立ちます？」

「うーん。やっぱり『ないよりはいい』くらいだね。ところで黒木くん、何かいいことあった？」

「わかります？　二階堂さんにも聞かれました」

「キミ、わかりやすいからねぇ」

「でもほんと、ちょっとしたことなんですよ」

そう言いながら、黒木は椅子に腰かけた。

大抵、客が来るまでは手持無沙汰《ぶさた》である。時々こんなにやることがなくていいのか、と自問することもある。

なにしろ志朗が巻物を持っていれば、よみごの仕事は成立してしまう。資材を調達するとか外部の業者に何か発注するとか備品を取り替えるとか、普通の会社員をしていれば発生したであろう業務がほぼないのだ。雑用を頼まれることは度々あるが、それだって一日が潰《つぶ》れるような量ではない。仕方がないので暇になると掃除などをしていたのだが、今やその仕事すらもロボットに取って代わられようとしているらしい――などと考えるそばから、またエラー音が鳴り響いた。この掃除機の世話が新たな業務になるかもしれない、と黒木は思った。

「ちょっとしたことって？　散歩してた犬に懐かれたとか？」

志朗がまた掃除機をぽんぽん叩きながら尋ねる。

「あ、それ近いです」

黒木は「本当に大したことないですよ」と前置きしてから話しだした。

「ここの何階か下の部屋に住んでる小さい女の子が、窓から手を振ってくれて……」

「はぁ？」

「いや、貴重なんですよこういうの！　俺なんか子供に怖がられることが多いんで……まぁ大人もですけど……」

「やー、そうじゃなくて」と志朗が床を指さす。「この部屋の下？　ほんとに？」

「そうですよ。ここ角だから、間違いようがないじゃないですか」

「へー……それ、何階か覚えてる？」

志朗に問われて、黒木はそのときと同じ角度で上を見上げてみる。確か、二階や三階ではない。もっと上だ。マンションの半分か、それよりさらにもう少し上ではなかったか？　いざとなると正確な高さなど覚えていないものだと思いながら、黒木はそのように告げた。

「ふーん……黒木くん、視力はかなりいい方？」

「はい？　両目1・0なんで、悪くはないと思うんですが——何か？」

「いやね、マンションの五階や六階でしょ？　まぁボク、ものの見え方って結構忘れちゃってるんだけど、道路から見るには結構遠い場所なんじゃないかなと思って。その子、ほんとにちゃんと見えてた？　よく女の子だってわかったね？」

「見えてたはずですけど――えっ、ちょっとやめてくださいよそういうの」

怖いじゃないですか、と言おうとした黒木にかぶせるように、志朗が告げる。

「あのね黒木くん、904号室の下には誰も入居してないよ」

「はい？」

「104から804まで、縦にぶち抜きでぜーんぶ空き部屋ですよ。ここは」

唖然《あぜん》とする黒木の後ろで、またロボット掃除機がエラー音を鳴らし始めた。志朗が近づいて、ロボット掃除機を手でパンパンと叩く。

「そういえば黒木くんさ」

話しかけられて途端に呪縛がとけたようになった黒木は、「えっ、どういうことですかそれ」と前のめりに問いかけた。

「んっ？」

「いや、人が住んでないって――えっ、あれですか？　もしかして幽霊みたいなやつですか？　俺が見た子供って」

「まぁ幽霊みたいなアレなんじゃないの？　黒木くんもボクのとこに通ってる間に、そういうのわかるようになってきたよねぇ。昨日は病院からくっつけてきたし、やっぱり今そういうものにチューニングが合いやすくなってるんでしょ」

そう言って志朗はなぜかニヤニヤ笑う。

「うわぁ、全然嬉しくないですよ。えっ、俺何かした方がいいですか？　どうしましょう？」

「黒木くん、面白いくらいテンパるね……」

「面白がらないでくださいよ！　俺、手とか振り返しちゃってるんですけど⁉」

「じゃあ、次からは無視したらいいんじゃない？」

志朗は至極あっさりと言い放つ。黒木の脳裏に、今朝の女の子の小さな姿が蘇《よみがえ》った。幽霊だと聞けば途端に怖ろしい気もするが、とはいえ子供だ。

「……かわいそうじゃないですか？」

「黒木くんはいい人だね～ほんと。ボクだったら無視一択だけどねぇ。大丈夫大丈夫、見なきゃいいんですよ窓なんか！　最悪くっついてきたら、ボクがなんとかするし、タダで。労災みたいなもんだからね」

そのとき来客を告げるインターホンが鳴って、話は一旦《いったん》立ち消えとなった。


「――って志朗さんが言ってたんですけど、本当ですか？　一階から八階まで、９０４号室の下は全部空き部屋って」

帰り際、黒木はロビーで顔を合わせた二階堂にそう尋ねた。彼はこともなげに「ああ、そっすよ。ぶち抜きで空いてます」と告げた。

「下の階気にしなくていいから、快適じゃないすか？」

「いや、それはそうかもしれないんですけど、あの」

「あ、もしかして黒木さん何か見ちゃった的な？」

夕方だというのにセットが崩れていない前髪を片手で撥《は》ね上げて、二階堂はにっと笑った。

「だったら無視っすよ無視！　無視一択っすよ」

「志朗さんと同じこと言いますね」

「オレもそういうの時々見るんすけど、見るだけじゃなくてくっつけやすいんで、どうしてもそういう対応になっちゃいますね。無視が一番っすよ」

そういえば以前、「憑かれる方なんで」などと言っていたような気がする。ともあれ下の階が無人だということは本当らしい。志朗はともかく（と言っては悪いが）二階堂までもが黒木を嘘で担ぐとは思えない。

管理人室で電話が鳴り始めた。二階堂は管理人室とエントランスを交互に見て、「ちょっと失礼しまっす！」と断り、エントランスの自動ドアに向かった。エントランスの自動ドアは、外から自由に開けることはできないが、中から開ける分には開錠の手続きがいらない。二階堂が自動ドアの前に立つだけで、ガラス張りの戸が静かに開く。

「すみません二階堂さん、いつもお手数おかけします」

「いやー、いいっすよ全然」

頭を下げながら、スーツを着た四十代ほどの女性が中に入ってくる。彼女とすれ違いながら、黒木はマンションの外に出た。

自宅の方に向かって歩きながら、彼は振り向きたくなる気持ちを抑えた。

今振り向けば、サンパレス境町の一角が目に入るだろう。その中層階の窓から、実体のない子供が真っ黒な穴のような瞳《ひとみ》でこちらを見ている気がして、思わず首筋がぞわっとした。だが同時に、その子供はとても寂しそうな顔をしている気もする。

首筋が粟立《あわだ》つような感覚と、罪悪感とを同時に覚えながら、黒木はその場を後にした。


翌朝、黒木が出勤すると、ロボット掃除機に名前がついていた。

「ゆるぼ？」

「ユルめの掃除しかできないからゆるぼ。なんかロボっぽい名前だし」

もはやペットの類《たぐい》である。当のゆるぼはといえば、また何もないところで引っかかって助けを求めている。

「ところで黒木くん、今日はちゃんと無視できた？」

ゆるぼを軽く叩きながら志朗が言う。はたと黙ったところを見透かされて、「さてはできてないいね」と笑われた。

そう、できていない。背中を向けていればいい帰り道とは違って、朝はマンションを見ながら歩いてこなければならない。気になるのも相まってつい上を見上げると、やはり例の子供が目に入った。六階のあたりにいて、黒木に向かって手を振っていた。

三歳か四歳くらいの女の子のようだ。子供らしくふっくらした頬に下ろしたままの髪、ピンク色の服を着ているらしい。確かにこの距離で、これほど詳細に視認できるのはおかしい、と思う。そもそも、あそこの窓は磨りガラスではなかったか――そこまで考えて、黒木は慌てて顔を伏せた。何か見なくてもいいものを見ている、これ以上見続けてはいけないという気がしたのだ。

「よくないよぉ、対処できないものにかまうのは」

志朗はそう言いながら床の上にゆるぼを放してやる。「まぁボクも、あんまり人のこと言えた義理じゃないけど」

「何かあったんですか？」

「ちょっと前に知り合った美容師やってる女の子がねぇ、何度もブロックしたんだけどね……」

「それ幽霊とかの話じゃないですよね？」

「本当に怖いのは生きている人間の方なんだよね」

「いや、志朗さんの素行に問題があるんですよ」

日頃の行いはともかく、「本物の霊能者」というものはどうやら貴重らしい。看板も広告も出さない志朗のところに、ほとんどひっきりなしに客が出入りするというのがその証拠だと黒木は思う。

志朗が言う「あらゆるものの悪意のきれっぱなし」のようなものをくっつけやすい性質の人は、実はそこそこいるらしい。それを引きはがされると、客はすっきりとした顔になって意気揚々と帰っていく。

そして彼らの多くは、一定期間をおいて再びやってくる。何もしなくても部屋の隅に埃が溜まるように、日常生活を送るうちに彼らの身にもまた厭なものがくっつき、蓄積していく。

「そういうのって体質だよねぇ。おかげでボクのようなものが食いっぱぐれずに済んでるわけですが」

客を見送った志朗が、巻物を巻き直しながらそう言った。「ところで黒木くん」

「なんですか?」

「何か厭な感じしない?」

そう言われて黒木はふと、以前この応接室を訪れた神谷《かみや》という女性のことを思い出す。あのとき、彼女自身には好ましい要素しかないのにも拘《かかわ》らず、なぜか「厭な感じ」がしたものだ。そういうことを聞かれているのだろうと黒木は思った。

「——いや、特には」

「だったらいいけど。あのさ、何か厭な感じするなぁと思ったら教えてくれる? 前にほら、神谷さんが来たときみたいなやつ」

志朗は黒木の思考を読んだかのように、神谷の名前を挙げた。彼女に限らず、厭な感じを漂わせている客はたまにいる。そういうときのことを思い出すと、黒木は額に脂汗が滲《にじ》むような心地がする。

「わ、わかりました」

「まぁ緊張せんでええよ。ここ最近は、病院と下の階の子供の件以外別に何もなかったんでしよ？」

「はぁ、まぁ……そうですね」

「なんとなく厭だな～くらい、適当でいいから」

志朗はそう言いながら、スマートフォンの読み上げ機能でおそらくスケジュールを再生している。読み上げのスピードが速すぎて、黒木には相変わらず何を聞いているのかよくわからない。

「次のお客さんまでしばらく時間空くね。休憩にして――」

その時、チャイムの音が鳴った。オートロックのインターホンではない。この部屋の玄関についている方だ。同時にドアを拳《こぶし》でノックする音が聞こえた。

「あれ、二階堂くんだね」

志朗が呟く。

黒木は玄関を開けに向かった。声が聞こえたわけでも、姿が見えたわけでもないが、志朗が二階堂だというならおそらく当たっている。

案の定、玄関の外にいたのは二階堂だった。ぎょっとするほど顔色が悪い。額に汗をかきながらよろよろと中に入ってくると、三和土《たたき》に膝《ひざ》をついて上半身を倒し、まるで土下座でもするような姿勢になった。

「えっ？　ちょっ、ちょっと、どうしたんですか？」

「あ～～～」

まったく要領を得ずにおろおろしている黒木の足元で、二階堂が別人のような声で「しぬぅ」と呻《うめ》いた。

「は？」

「しにたいぃぃぃ」

三和土に土下座したまま「あ〜〜しぬぅ〜〜もうしにたいぃぃぃ」と繰り返す二階堂の姿は滑稽《こっけい》といえば滑稽だが、黒木には気味が悪かった。朝の明るい「ハザッス！」がまるっきり嘘のような有様である。チャラそうに見えるが、二階堂は真面目で常識的な性格だ、と黒木は思っている。平日の勤務時間内に、突然他人の家に転がり込んで面白くもない冗談をやるとは思えない。尋常でない顔色も、とても演技には見えない。

手をつけかねて見守っていると、志朗が巻物を持って玄関までやってきた。

「はー、これはやられたね。二階堂くん」

志朗はそう言いながら二階堂の前に巻物を広げる。昨日黒木に対して行った動作が再現される様を見守っていると、

「あぁー、あざっした！」

途端に別人のように明るくなった二階堂が、黒木の前で立ち上がった。

「あー、スゲェ！　オレまじで死ぬかと思ったっすわ」

「よかったねぇ死なななくて。実際こういうのをほっといたら自殺する人もいるからね」

志朗はさらっとそう言いながら巻物を巻き直す。それから呆気《あっけ》にとられている黒木に、

「黒木くん、ゆるぼ持ってきてくれる？」

と頼んだ。

「ゆるぼですか？」

「うん。ボク前に左手怪我したとき、握力が落ちたでしょ。ゆるぼがまだ結構重くてね」

「わ、わかりました」

理由はわからないが、黒木はとにかくリビングに向かった。充電器に腰を落ち着けていたロボット掃除機に、なんとなく「ちょっとごめん」と断ってから持ち上げる。名前がついたせいで、妙な愛着が生まれつつあった。

ゆるぼが止まりながらもしょっちゅう活動しているおかげで、部屋中の床はすでにピカピカだ。今更掃除が必要でもないだろうに、と黒木が首を捻《ひね》っている横でゆるぼが走り始め、二階堂はぐるぐると肩を回している。

「あー、軽い軽い。いやマジで洒落《しゃれ》ならんすよ、さっきの。やっぱここ、こ、ここのっすかねぇ」

「いや、ここのじゃないね。どこかからフラフラっときて、入口あたりで二階堂くん見つけてくっついたんでしょ」

「いらねぇ～！　そういうの」

「あの、ちょっと待ってください」

ふたりの話を聞いた黒木は、慌てて口を挟んだ。「ここの？　ここのって何ですか？」

「ここのってここのっすよ……あっ！　シロさんてば、マジで黒木さんに何にも話してないんだなぁ」

二階堂が呆《あき》れたような声を出した。

「だってさ～、黒木くんに辞められたらイヤじゃない……」

「何言ってんすか！　黒木さんかわいそうでしょ」

「あのー、だから『ここの』っていうのは……」

「黒木さん、実はここ超絶事故物件なんすよ」

二階堂がさらっと言った。「この建物っていうか、この土地？　結構人が死んでんすよ。昔はでっかいお屋敷だったんすけど、なんか入ったら死ぬ部屋？　みたいなのがあったらしくて」

「は⁉　入っただけで死ぬんですか⁉」

「ちょっ、二階堂くんしゃべった！」

志朗が二人の話に割って入った。「勝手に言わんでよ～！　ちょっと黒木くん、こんなほぼ立ってるだけの楽な仕事たぶんほかにないよ？　今更まともな勤め人に戻れると思わない方がいいよ」

「志朗さん変な脅し方しないでくださいよ！　何なんですか死ぬ部屋って！　最初から説明してくださいよ！」

志朗が何か言う前に、二階堂が口を開いた。

「すげー手っ取り早く言うと、人形が埋まっててやべーんすよ。ここ」

「はい？」

「手っ取り早く言い過ぎたんで、もうちょい詳しくいっすか？」

ちょっと失礼します、と言って904号室を出て行った二階堂は、しばらくして分厚いファイルを一冊抱えてきた。背表紙には「井戸の家関連」と印字された幅の広いテープが貼られている。

『井戸の家』って、確か前に――」

黒木はいつだったか、見知らぬ女性に話しかけられたことを思い出した。

「あーそうそう、あのおばちゃんっすわ」二階堂も同じ人物を思い出したらしい。「これから説明するっす。このファイル、どっかに広げていいっすか？」

「ええ、何なに。二階堂くん何持ってきたの？」

黒木は勝手に「こっちでお願いします」と言ってリビングの方に案内した。

「失礼しゃーす！」

二階堂はそう言うなり、テーブルの中央にどすんと音をたててファイルを置いた。

「ねえねえ、今重そうな音したけど本当に何やってんの？」

志朗が怪訝《けげん》な顔でリビングに入ってくる。その後をなぜかついてきたゆるぼが、廊下とリビングの境目に躓《つまず》いてエラー音を立て始めた。

「二階堂さんがA4くらいのファイル持ってきました。来客があると困るんで、こっちで広げていいですよね？」

「それはいいけど、何？　そのファイル」

「ここ関連っぽい資料集めてたらこんなんなりました」

二階堂が答えて、さっそく表紙をめくる。

「えーっ、さっきドスンって音したよ。そんなになる？」

「まー、全部本物かどうかはマユツバっすけどね。あと古い雑誌とか切らないで入れてるんで無駄に厚いんす。一応時系列になってんすけど……これかなー。昭和二年の地方新聞」

二階堂はまめにファイルのポケットを使い分けているらしい。雑誌一冊が丸々収められているものもあれば、ポケットひとつに小さな切り抜き一枚が収められている箇所もあり、これは資料が厚くなるのも道理とうなずけた。

「これこれ、『境町の生き人形騒動』ってあるでしょ」と言いながら二階堂が指さしたのは、古い新聞記事の複写と思《おぼ》しきものだった。乳母車を押す女性の挿絵が印刷されており、オカルト記事のイメージ画という雰囲気には乏しい。活字がところどころ掠《かす》れていて読みにくいが、

「要するに、この辺の資産家某氏の奥さんがまだ幼い娘を亡くしたと。で、その娘に似せた超リアルなでかい人形を作って抱っこしたり、乳母車に乗せたりして歩き回っている。で、その人形と目が合ったとか、服を引っ張られたとかいう人が続出している。みたいな内容っすね。いやー、ヤバイっすね。何がヤバイってこの味わい的な？　この『真夏の怪事件！　近隣住民戦慄《せんりつ》』みたいなうさん臭いタイトルからのこれっすよ。今絶対載らなくないすか？　こういうの」

と、早口で解説してくれる。

「何か二階堂さん、楽しそうですね……」

「まぁちょっとこういうの好きなんすよ。新聞のトンデモ記事みたいなやつ……で、この資産家某というのが、当時の住人らしいんすね。昔はここにでかいお屋敷があって、古堀《こぼり》って一家が住んでたそうなんす。亡くなった娘さんというのもちゃんと実在してまして」

生き人形騒動の記事にはピンク色の付箋《ふせん》が貼られており、黒いボールペンで「古堀シヅ子《こ》大正14年9月7日没（塔明寺《とうみょうじ》に墓あり）」と書かれている。これも二階堂が貼ったのだろう。

「まー、この辺の古い家は大抵この寺の檀家だっていうんで、古堀家の墓を探すのは比較的簡単だったんすよね。これ写真っす」

とまたページをめくる。示されたポケットには、年季の入っていそうな墓石の写真が収められており、裏面には「大正十四年九月吉日建立」とあった。墓誌にも「古堀シヅ子」の名前が戒名と共に彫られている。行年七歳とあり、「たぶんこれは数え年っすね」と二階堂が補足した。

「この件に関しては、この辺に住んでた人からもちょっと話聞けました。まぁ古い話だから又聞きっすけど……なんでもこの資産家の奥さんって人が、人形をしいちゃんしいちゃんって呼んでて、気味が悪いけどかわいそうだったってその人のおばあちゃんが」

「呼ばない方がいいよ」

いつの間にかダイニングチェアに腰かけていた志朗が口を挟んだ。

「うっかりじゃなあ、二階堂くんは。その子の名前、この部屋で呼ばない方がいいよ」

「あ……」

ふいに沈黙が訪れた。904号室にゆるぼの稼働音だけが響く。その中に、かすかにこつんという異音が混じった——少なくとも黒木にはそう聞こえた気がした。

「で？　続きは？」

志朗が口を開いた。「これで終わりじゃないんでしょ、二階堂くん。昔ここに住んでた古堀って家の奥さんは、人形を亡くなった娘さんの代わりにかわいがってたらしいと。で、続きは？」

「へっ、あっ、はい！　はい！」

二階堂が我に返って何度もうなずく。

「シロさん、急に急《せ》かすからびっくりするじゃないすか……そもそも黙ってたのシロさんなのに」

「だってさ〜、真っ先にあの部屋のこと喋《しゃべ》られちゃったらもうしょうがないじゃん。ほら、どんどんやっちゃお」

志朗は「こうなったら早く終わらせよう」という肚《はら》らしい。三十分ほどしたら客が来る予定だから、それを気にしているのだろうと黒木は思った。

「えーとですね、そう、そうなんすよ。こんな記事になるくらいだから、結構有名だったんじゃないすかね」

二階堂がもう一度説明を始める。

「で、なんとここから十年以上経って発行された雑誌にですね……」とページをめくる。「これこれ、ほぼ同様の記事が載ってるんす。この『名物人形夫人』云々《うんぬん》っていうのがおそらく同一人物の話じゃないかと……で、実はこの件、この辺にずっと住んでるおばあちゃんからも裏がとれてるんすよね」と、パソコンで打ち込んだらしきA4のコピー用紙を指さす。

「話者　88歳　女性
・5、6歳くらいのとき、古堀の奥さんに『娘の友達になってほしい』と頼まれ、小遣いをもらって人形と遊んでいた。
・近所にも同様に『友達』になっている子が何人かいた。
・きれいな着物を着ていて高価そうな人形だったが、妙に生々しくて不気味だった。
・人形に服を摑《つか》まれたと言って泣いた子がいた。その後、その子は誘っても古堀家に来なくなった」
目を通しながら、黒木は思わず「この奥さん、すごいですね」と呟いた。「いや、気持ちはわからなくもないんですが、それにしても徹底してるというか」

「っすよね。十年以上も人形を娘として扱ってるし、金もかかってるっぽいっすから。で、この古堀家なんすけど、実はこの後一家全滅してるんすよ」

「えっ」

「この後、太平洋《たいへいよう》戦争が起きるでしょ。そのとき疎開先で運悪く全員亡くなったらしいんすよ。

詳細がいまいちわかんないんすけど……で、古堀一家は疎開するとき、この人形を境町の家に置いていったらしいっす。たぶん本当に生活に必要なものしか持ち出せなかったせいだと思うんすけど――で、人形だけがこの家に取り残されることになっちゃったんすよね」

またこつん、こつんと音が聞こえた気がした。気のせいだ、と黒木は心の中で自分に言い聞かせた。二階堂はそわそわとファイルをめくり、志朗は腕組みをして、二階堂の説明に耳を傾けているように見える。

「えーと、遺体も戻ってこなかったってことですよね」

「らしいっすね。何しろ戦時中だから……で、その後がこれです。戦後のカストリ雑誌なんすけど」

と言いながら、二階堂が黄ばんだ薄い冊子を取り出した。

「これ、古本屋でマジでたまたま見つけたんすよ。すごくないすか？　二千円」

「うわー、古い紙の匂いがする。よく見つけたね……」

志朗が呆れたように口を挟んだ。

「へへへ。これに『呪いの人形屋敷』って載ってんのが古堀家なんすよ。なんと住所も掲載されてる」

「すごいですね……」

「今こんなの載せられないっすよね。記事によれば、家中を人形が歩き回るとか、すすり泣きが聞こえるとかで、人が住んでも長続きしない。人形を家の外に出そうとした関係者がその場で死んだとか……まぁこういう雑誌だから信憑性《しんぴょう》はアヤしいんすけど、実際住人の入れ替わりは激しかったみたいっすね。で、諸々あってここを買い取ったのが『井戸』っていう一家だったんす。それからここが『井戸の家』って呼ばれるようになったんすよね」

「はぁ〜。よくそんな曰《いわ》く付き物件買ったなぁ……井戸家の人たち、問題の人形はどうしたんでしょうかね」

「それがここを買った当時の当主が変わっててですね。それまで建ってたお屋敷を潰して新しい家を建てたんすけど、その時に人形を家の下に埋めちゃったらしいんすよ」

「何でまたそんな」

「いやー、そこがこの井戸氏の変わってる由縁で」

二階堂が頭を掻《か》いた。「どうも『人柱』のつもりらしいっすわ。まぁ、人形なんすけど」

「人柱ぁ？」

思わずオウム返しに尋ねた黒木に対し、二階堂は大真面目に「そうっす」とうなずく。

「黒木さん、人柱ってわかりますよね？」

「一応……生け贄《にえ》というか、工事の成功を祈って人間を埋めるみたいなやつでしたっけ？　橋のたもととか……」

そういう昔話を聞いた覚えがある――などと曖昧《あいまい》な記憶をたどりながら黒木が返すと、二階堂が「まーそんな感じのやつっすね」とまたうなずいた。

「人柱って、人形でもいいんですかね？」

「うーん、二十年くらい人間扱いされてきた超リアル人形っすからね。普通の人形とは何かと話が違うんじゃないすかね……」

そのとき突然、場違いなエレキギターの音が室内に響き渡った。二階堂が「うわ」と声を漏らす。

「ちょっとぉシロさん！　何すか急に」

「ごめーん、ちょっとラジオつけさせて」

そう言いながら、志朗は自分のスマートフォンをテーブルの上に置いた。

「何でまた」

「気分」

志朗は涼しい顔をしている。

突然のことに驚きはしたものの、黒木は正直ほっとしていた。さっきから二階堂の話の合間に、時々出所不明の「こつん」という音が混ざるのだ。なんということはない音だが、なんとなく気味が悪かった。イントロを終えてボーカルが歌い始める。およそ今の話題には似合わない明るい曲だ。

「まぁ、それじゃ続き行きますけども……」

二階堂が怪訝な顔をしながらも、話を続ける。

「とにかくアレっすわ、曰く付きの人形を取り除かずに、むしろ家の守り神にしちゃえってことなんすかね。埋めた真上の部屋に祭壇を作って祀《まつ》ってたそうで――という話は、実は黒木さ

ん も前に会ったことのある、あのおばちゃんから聞けました」

「ああ、あのいきなり話しかけてきた人」

「そっす。なんでも昔家政婦やってて、井戸家に出入りしてたらしいんすよね。あの人今でもたま～にこの辺に来て、入居者さんとかお客さんとかにランダムに話しかけるんすよ。まーよかれと思ってやってるのはわかるけど、オレんとこに苦情くるんだよな～」

とぼやきつつ、二階堂はファイルをめくる。七十代の女性に聞いた旨と、「護摩壇のようなもの？　宗派不明。お菓子や女児用のおもちゃなどのお供え物があった」といった情報が並べられている。

「これで家の守り神になった――ってことですかね？」

「いやＤＩＹ感スゲーなって感じっすわ。ただこのやり方で――」

『こつん』

黒木は二階堂と顔を見合わせた。

音がしたのは志朗のスマートフォンである。曲の拍子をとるように、スピーカーからまた『こつん、こつん』と音が鳴った。

二階堂の顔には（黒木さんにも聞こえましたよね）と書いてある。おそらく自分の顔にも同じようなことが書いてあるだろう、と黒木は思った。そのとき、志朗が手を伸ばしてラジオを切った。

「ごめんごめん、やっぱナシで。あ、二階堂くん、続けてくれる？」

「あ……は、ハイ」

二階堂がぎこちなくうなずいた。

「え、えーと……で、このＤＩＹ守り神が効いたのかはわかんないんすけど、実際井戸家は二十年近くもったどころか、羽振りはよくなるし子宝には恵まれるしってんで絶好調だったらしいっすね。だからご利益はあったのかもしれないんすけど、この後一家全滅するんすよ」

「すごい急展開ですね……」

「っすよねー。えーと、昭和五十六年か。これはばっちり新聞に載ってますね。なにせ一家心中事件っすから。結構騒ぎになってて、この時の資料が一番多いっす。週刊誌で特集組まれてたりとか……」

と言いながら、また一冊まるごと古い週刊誌を取り出す。表紙にはでかでかと「謎の一家心中に迫る！　背後にカルト教団の影か」という見出しが躍っている。

「カルトってのがまぁ、あのＤＩＹ守り神のことじゃないすかね。当時十四人もいた住人が全員亡くなってんすよ。例の当主──井戸丈彦《たけひこ》っていう名前なんですが──その人が突然食事に青酸カリを入れて十一人を毒殺、遅れて帰宅した二人をそれぞれ撲殺して、自分は祭壇のある部屋で死んでたって、まぁこの雑誌によるとそういうことになってます。ただこの丈彦氏の死因が謎のままになってるというか、どう見ても自然死らしいというんでとにかく謎なんすよね。状況証拠からいってこの人が実行犯なのは間違いないらしいんすけど」

「またえらい事件ですね……そりゃマスコミが騒ぐわけだ」

「っすよねー。ま、とにかくこれで井戸家は空き家になったわけっす。それからも何回か人が入れ替わってはいるんですが、どこも長続きしてないっすね。あと死者が多くって。この家で亡くなった人の死亡広告、集められるだけ集めてみたんすけど」

黒木はファイルをめくる。何十年も経てば、家の中で誰かが亡くなるのは十分ありうることだ。とはいえ、二階堂が収集したという死亡記事の切り抜きの多さは尋常ではなかった。およそ三十年の間に十人以上が亡くなっている。老人が多いようだが、子供や三十代、四十代の死者も出ている。死亡広告が出ていないケースも考えると、もっと多いかもしれない。見ているだけで、黒木は背筋がざわざわした。

「で、この『井戸の家』に最後に住んでたのが、内藤・雛伏家っす。二世帯で住んでたみたいっすね」

二階堂が新聞記事のコピーを示す。黒々としたゴシック体が「住宅火災・住民二名死亡」という悲惨な事件を報じていた。

「この事件で『井戸の家』は半焼、生き残った住人がここを売って、一旦更地になったんす。で、また新しい家が建ったんすけどそれも取り壊されて、また更地になったついでに周囲の土地も地上げしてから建てられたのが——」

「ここですか」

黒木の一言に、二階堂が「そう!」と反応した。

「つまりこのサンパレス境町が建っているというわけっす」

「すごい曰く付きじゃないですか……」

「ですよねー。しかも例のＤＩＹ守り神様、まだここの下に埋まってんすよ。今更下手に動かせないっていうんで、わざとそうしてるんす。ま、マンション建てる過程でさすがに一回外に出しましたけどね。シロさんみたいな専門家の人呼んで」

黒木はだんだん気が遠くなってきた。二階堂の話が本当だとすれば、異様な死者の多さに加えて不穏な「守り神」もどきの存在――とんでもないところに通っていたものである。

そのとき志朗が「もういいかな」と呟いた。

「いいって、何の話っすか？」

「いやー、『こつん』がもう帰ったかなって」

志朗は立ち上がり、話の間に充電器のところに戻っていたゆるぼの上を二、三回はたいた。ゆるぼが起動し、何かまだ吸い込むものがあるのか、リビングの出口へと向かっていく。

「こつんって、途中でしてた音ですか？」

黒木が尋ねると、志朗は「うん」とこともなげに答えた。

「かまってもらえなかったから帰ったんでしょ。いやーよかった。ラジオが混線したとき正直ぎょっとしちゃった。何か音鳴ってた方がいいかと思ったんだけど、失敗だったね」

「あの……こつんってアレっすよね、あの、名前呼べないけど」

二階堂が中腰で辺りを見回しながら言う。志朗は「うん」とうなずいた。

「かまってもらえないから帰るとか、あるんですか」

「あるよ。特にあれ、小さい子供じゃけぇ」

志朗はそう言うと、ゆっくりと息を吐いた。

「気を遣ったねぇ。やっぱりこういう話は、管理人室でやってもらった方がよかったのと違うかなぁ」

「すみません」と二階堂が頭を下げる。「でも、あそこに来ちゃったらオレが怖いじゃないすか。結構一人になったりするし」

「言うて、この部屋も引っ張ってきてるからねぇ。どっちかっていうとこっちの方が来やすいよ、あれは」

黒木にはふたりの話がよくわからない。

「あの、引っ張ってきてるって何ですか？」

尋ねると、志朗が見えない目をこちらに向けてきた。

「さっきさ、『入ると死ぬ部屋がある』って二階堂くんが言ったでしょ？　たぶん井戸家の誰かが何かしらタブーを犯して、祭壇の部屋がものすごい負の力を持つようになっちゃったんだと思うんだよね」

志朗はそう言うと、一旦欠伸をした。「――ごめん、最近眠くて。でね、一度はその力をかなり厳しく抑えてたらしい。具体的に言うと、その問題の一間に全部の力を押し込んで、なるべく外に出さないようにしてたんだな。でもそれをやった術者が亡くなったもんで、封印が保たなくなっちゃったわけ。だから後任の人と相談しまして、今度は縛りを緩くして、その代わり上に引っ張ることにしたんだよ」

「はぁ……？」

「つまり１０４号室からこの９０４号室に向かって、ＤＩＹ守り神の負のパワーが縦にギュイーンと伸びてる感じっす」

二階堂があまりにカジュアルな説明を挟む。志朗が「そうそう」とうなずく。

「はい⁉」

黒木は思わず立ち上がった。「えっ、じゃあこの部屋にいるの、まずくないですか？」

「そんなにはまずくないよ。人形が埋まってる地下から距離とってるんで、かなり希釈されてる」

「ていうか志朗さん、この部屋に住んでて大丈夫なんですか……？」

「まぁ〜、一応大丈夫かな。ていうかさっき上に引っ張ってるって言ったけど、それやってるのがボクです」

「そうなんですか⁉」

「うん。時々『よんで』、注意をこっちに向けてるんだよね。そうやって引っ張りながら、時間をかけてちょっとずつ弱体化させてる。なんていうかその、引っ張ってちょこっと出てきたところを、つまんでポイッてする感じで」

そう言いながら、志朗は先ほど二階堂の肩から何か取り去ったときのような仕草をしてみせた。

「それはその——え、どういうことですか？」

「言うなれば、マンション九階分の大きさのある怪物を、ちょっとずつ千切って倒してるって感じかな」

「は⁉　地道！」

思わず大声でそう言った黒木に、志朗は「地道だよねー」と返して笑った。

「実際気の遠くなる話ですよ、黒木くん」

「あっ、じゃあまさか引っ越しもそれで……？」

「うん、１００４号室はもう千切れるとこなくなったから。ブチブチやりながら、だんだん下に行く予定なんだよね。いや〜、一階分消すのに三年くらいかかっちゃった」

「やっぱり地道だ……それ、あと何年かかるんですか？」

「さぁ？　たぶん近づくほど時間がかかると思うんだよね。ボクの寿命が来る方が早いのと違うかなぁ」

「困るんすよねぇ、それ」二階堂が資料を仕舞いながら言った。「長生きしてくださいよぉ、シロさん」

「そう言われてもなぁ。まぁ、その頃には二階堂くんも定年退職してるでしょ」

そのとき、インターホンが鳴った。予定していた来客である。

「あっ、やべ。お客さんですよね。オレ帰るっすわ。じゃ！」

二階堂はファイルを持つと、ふたりにお辞儀をして部屋を出て行った。

来客中、黒木がやっていることといえば、黙って応接室の隅に立っているくらいで、つまり頭の中は暇である。自然と考え事をすることになる。来客を何人か挟んでいるうちに、黒木はあることが気になってきた。

志朗たちよみごは、彼らが扱うものを「きょう」と呼ぶ。志朗はそれに関して、黒木に「あらゆるものの悪意のきれっぱしの固まり」と説明したことがあった。

志朗がちぎって捨てられるようなものなら、このマンションにいるものは「きょう」なのだろうか？

「うーん、厳密には違うのかもね」

客の切れ間に尋ねると、志朗は曖昧に答えた。「ああいうものをどうやって分類するのか、正直ボクもよくわからんのよ。そもそもきちんと分けられるようなものなのか――まぁでも、きょうと同じ方法で対処できていることは確かだから」

「その、対処できるかどうかって、やっぱり『よむ』とわかるんですか？」

「まぁそうだね。よみごはそういうものですよ」

当たり前のように志朗は答える。

やはり志朗と自分の感覚には視覚の有無以上の隔たりがある、と黒木は思う。おそらくそれは、よみごにしかわからないものなのだろう。

「そういえばいつだったか、黒木くんにきょうのことをちょっと説明したでしょ」

志朗がふと思い出したように話し出した。

「はい」

「あれね、後でザックリしすぎてたなと思ったよ。もとが悪意でなくてもきょうみたいなものはできるからね。ここにいるものなんかそうだよ」

「そうなんですか」

「うん。ここにいるのはとにかく寂しがりなんだよね。寂しいから人を集めちゃう。ボクなぁ、たぶん井戸家の人は、別の場所に移住しようとしたんじゃないかと思う。だから全員亡くなったんと違うかな」

「移住しようとして……って、それだけでですか？」

「あくまで想像だけどね。でもいい線いってると思うんだよねぇ……あっ」

志朗は思い出したように言った。「黒木くん、ほんとにここ辞めないでよ!? 黙ってたのは悪かったけど！」

「辞めないですよ！　そりゃ怖くないわけじゃないですけど、これで辞めるんだったらもうとっくに辞めてます」

「よかったー！　アテにしとるけえ、これからもよろしくね」

そう言って、志朗は緩むように笑った。この人も大概寂しがりだな、と黒木は思う。

業務を終え、ロビーで二階堂に挨拶《あいさつ》をしてから、黒木はサンパレス境町を出た。振り返らないように前をじっと見つめて歩いていると、スーツを着た女性が前から歩いてきた。

その姿に見覚えがあった。以前、二階堂と話していた女性だ。

そういえば妙な人物だった、と黒木は思い出す。カードキーも持たず、どこかの部屋を呼び出すでもない。それでも二階堂は当たり前のように彼女を中に入れていたから、不審人物というわけではなさそうだ。管理会社の関係者だろうか？　マンションの設備関係の業者とか……などと考えていると、すれ違いざま、その女性が「あっ」と声を上げた。

それにつられて思わず振り向いた黒木の視線は、導かれるようにサンパレス境町の中層へと吸い込まれた。しまった、と思ったときには、六階の窓辺にいる女の子にピントが合っていた。

女の子は一所懸命に手を振っている。見なかったことにしよう――と思いかけたとき、その子の視線が、今日は自分の方を向いていないことに気づいた。

女の子はいつもよりもっと大きく手を振っている。何やら口元が動いている。思わず見入っていることに気づいて、黒木は慌てて目を逸《そ》らした。視線を外した先で、今度はすぐ横にいる女性と目が合った。パンプスを履き直している。

「あ、その……大丈夫ですか？」

「あっ、すみません、どうも。大丈夫です。ここの溝にヒールが引っかかっちゃって」

女性は体勢を立て直し、黒木に微笑みかけた。やはり四十代くらいだろう。どうやら不審者扱いはされていないようだ。黒木は安堵した。自分の見た目が恐いことは重々承知している。

「あの、前にお見かけしたような――二階堂さんのお知り合いの方ですよね？」

女性は黒木に話しかけてきた。よく覚えているなと感心しかけて、黒木は自分の外見が極めて他人の印象に残りやすいことを思い出し、「そうです」と答えた。

「すみません、急に声をかけてしまって。あの、ちょっとお尋ねしたいんですが――」

女性は言いかけて口ごもる。（不審人物だと思われたかもしれない）と、今度は彼女の表情が言っている。だが意を決したように、

「もしかして、あの角部屋の窓に何か見えませんでしたか？」

と尋ねた。それから思い出したように、持っていた黒いバッグの中から名刺入れを取り出した。

「失礼しました。私、怪しいものではありません」

そう言って、地元企業の社名が入った名刺を差し出した。

「内藤と申します。あのマンションができる以前、ここに住んでいたことがある者です。不審に思われたでしょうが、あちらの方を見ておられたので、つい声をかけてしまいました。もしかして、その――小さな女の子を見ていませんか？」

受け取った名刺には「内藤美苗」という名前が印刷されていた。

黒木は二階堂に聞いた話を思い出す。最後に「井戸の家」に住んでいた一家の生き残りが、今まさに目の前に立っていた。

「あー、内藤さ……あれっ？　黒木さん戻ってきたんすかぁ」

内藤美苗と一緒にサンパレス境町に戻ってきた黒木を、二階堂は若干の驚きと共に出迎えた。

「私が声をかけて、お付き合いいただいてるんです」

「へぇー。てか内藤さん、どうかしました？　なんかテンション高くないすか？」

「それが二階堂さん！　見たって言うんですよ！　黒木さんが！」

ロビーに足を踏み入れた美苗は、二階堂にスマートフォンを突きつけた。

画面には三歳くらいの女の子が映っている。古い機種で撮ったのか、あまり画質のよくない画像だが、顔立ちや楽しそうな表情ははっきりとわかる。

「ふぇ？」

「俺がここの空き部屋で見た女の子、し……例の子じゃなくて、内藤さんのお嬢さんらしいんです」

黒木がそう言った途端、二階堂の顔色が変わった。

「はぁ!?　えっ、ど、どうしよ」

「ど、どうしたらいいですかね!?」

美苗がすごい勢いで二階堂に詰め寄る。黒木には何が起こっているのかわからないが、とりあえず二人を追って管理人室へと向かった。

「で、とにかく連れてきちゃったんです、黒木さん。あの、ほんとどうしましょう私、二階堂さん」

「はー……えっ、どうしよう。どうしろって話だったっけ……えー、とりあえずアレすかね。

そ、相談しなきゃっすね、わかる人に。オレじゃどうにもこうにもなんで」

二階堂は管理人室に戻り、焦っているのかガタガタと机にぶつかりながら固定電話に向かい、

「あっ違った」と言って自分のスマートフォンを取り出して操作を始めた。

「メールメール。うおおお落ち着け落ち着け……」

「えー、ほんとどうしましょう」

美苗はどうしようと言いながら涙ぐんでいる。黒木はやはり状況を飲み込めていない。二階堂がメールを送り終えて、「あっそうだシロさん！　シロさん呼びましょう！」と叫んだ。

「えっ、あっ、じゃあ連絡します」

何が起こっているのかわからないが、とりあえず黒木は志朗に電話をかけ始めた。


「呼ばれたからとりあえず来たけど……」

管理人室を訪れた志朗は「これ、何の集まりですか？」と怪訝な顔をしている。

「えーと、スイマセンちょっと落ち着きます。えーとその、まず内藤さんだ。シロさん、こちら内藤さんっす」

二階堂が美苗を紹介し、美苗が「内藤美苗と申します」とお辞儀をした。

「あ、どうも……ん？　内藤美苗さん？」

志朗は少し首を捻って、

「もしかして鬼頭さんから聞いたかな？　ここに通ってこられてる……」

とぶつぶつ言い始めた。

「あー！　シロさん聞いてます⁉」

「一応ね。前の住人の方で、お子さんを捜してるんだっけ」

「それ！　それです！」と言いながら、二階堂がどんどん前のめりになっていく。

「あ、もしかして黒木くんが見てた子供ってそれ？　ボクあの、し……あっちの方かと思ってたんですが」

「志朗さん、俺だけ何の話かさっぱりわからないままなんですが……」

「ボクよりもう一人の方が詳しいなぁ。二階堂くん、鬼頭さんは来る？　たぶんあの人が一番よくわかってるでしょ？」

「一応連絡して……あっ、返信きた返信！」

「二階堂くんちょっと落ち着いて」

「いやいやいや、事態が動いたんですって！　初めて！　やばい興奮しますって！」

鬼頭雅美がサンパレス境町に到着したのは、それから一時間ほど後のことだった。管理人室に現れた彼女はバッグからメモ帳を取り出し、初対面の黒木にそれを見せながらぺこぺこと頭を下げた。メモ帳にはこう書かれていた。

『わたしは声が出ません。ご了承のほどお願いします』

管理人室には衝立《ついたて》で区切られた来客用スペースがあり、簡素なテーブルとパイプ椅子が四脚置かれている。一同はそこに移動した。

鬼頭が到着するまでに大体の事情を美苗から聞き、黒木も彼女のそわそわとした態度にようやく納得がいった。実は新築当時から毎日のようにサンパレス境町を訪れていたと聞いて驚いた黒木だが、どうも今月になって美苗の勤務内容が変わるまで、彼とは出入りする時間が合わなかったらしい。

「でも実は何度かお見かけしてて、ずいぶん体格のいい方だなと思っていました」

美苗はそう言って黒木に笑いかけ、黒木は彼女を覚えていないことに恐縮した。

改めて見ると、窓から覗いていた女の子――桃花と美苗とは、顔立ちに似通ったところがある。あの子も大人になったらこんな感じの女性になるのだろうか、とふと思いを馳《は》せた。

今もなお病院にいるという桃花の体は、すでに十三歳になっている。だが、この建物の中を彷徨《さまよ》っている彼女はまだ三歳のままだ。

テーブルの上に巻物を広げ、また何事かを「よむ」志朗を、美苗は緊張した面持ちで見つめていた。やがて手を止めた志朗が「六階ねぇ……まぁ、入れるようにはなってるんじゃないでしょうか」と言ったあたりで、鬼頭がやって来たのだった。

『わたしは声が出ません。ご了承のほどお願いします』

差し出されたメモ帳の文字を読んだ黒木が「わかりました」と答えると、鬼頭は小さくお辞儀をしてからメモ帳を一枚めくった。よく使う文面を、すでにいくつか書き留めてあるらしい。

『鬼頭雅美といいます。よろしくお願いします』

それから何も書かれていないページを出して、手早く『志朗さんの同業者です』と記した。

「黒木省吾といいます。二年ほど前から志朗のところで雑用をやってます」

そう名乗ると、鬼頭はわかったというように何度もうなずいた。真っ黒な髪に地味な服装。年をとっているようにも、まだ若いようにも見える。不思議な人だ、と黒木は思った。

鬼頭は志朗の横に立つと、唇をぱくぱくと動かした。発せられたのはほとんど呼吸音のようなものだったが、志朗は「ですね、お会いするのはひさしぶりです。お元気そうで何よりです」と応じた。どうやら鬼頭のごく小さな声を、彼だけは聞き取ることができるらしい。

「会わないもんすね。同業者なのに」

デスクチェアを一脚運んできた二階堂が言った。

「ボクと鬼頭さん、実は相性がよくないからね」

志朗がそう言うと、鬼頭もうんうんとうなずく。二階堂は「そうなんすか?」と驚いている。

「あの、さっそくなんですが。桃花はどうなんでしょうか? 戻してあげられますか?」

パイプ椅子に腰かけた美苗が言った。鬼頭が口を動かし、志朗がうなずいて美苗に答える。

「鬼頭さんもボクも、まったくできないことではないと思っています。少しずつですがあれの力は弱まっているし、『井戸の家』がなくなった後も、内藤さんがこの辺りで桃花ちゃんに声をかけ続けたというのがよかったと思う。元々特殊な状況下にある桃花ちゃんだけなら、ここから出してあげるというのは可能だと踏んでいます。ただまぁ、あれの影響下にある部屋に入らなければならないので」

「それなら私が迎えに行きます」

美苗が強い口調で言った。「桃花も私のことならすぐにわかると思いますし」

「いやぁ、そうですか。うーん」

志朗は首をひねる。

「どうかされました？」

「いや、内藤さんが行かれるのは危ないかもしれないと思って。さっき『よんだ』ときに思ったんですけど、なんかすごい主張してくる人がいるんですよ。その人がなんだかなぁ……もしかすると、内藤さんのご家族かもしれない」

鬼頭が不安そうな顔を上げた。美苗は「それ、どんな人ですか？」と志朗に尋ねる。志朗はそれに淀《よど》みなく答えた。

「女の人です。三十代半ばか……いや、四十代かな？　若く見える人ですよね。わりと小柄で、エプロンをつけてて」

「やっぱり」

美苗は小さな声で言った。「私の兄嫁だと思います——まだ私のこと、家族だと思ってるんでしょうね」

「そう。だから内藤さんが行くと彼女に引っ張られて、かなり危険じゃないかと思うんです。ただ、桃花ちゃんの魂と体の年齢差がこれ以上大きくなってしまう前に、何とかしたいというお気持ちもわかります。ですよね？」

問いかけられて、鬼頭が何度もうなずく。

「何とかなんないっすかねぇ」

二階堂が言う。およそ三年間にわたって美苗のやることを見てきた彼は、すっかり彼女と桃花に同情してしまっているらしい。

「ボクとしては、内藤さんが６０４号室に入るのは避けた方がいいと思う。でも、何ともならないというわけじゃない」

「マジっすか！　やりましょう！　オレもできること手伝いますよ！」

「うん。ボクも二階堂くんが行くのがいいと思う」

志朗がにこにこしながらそう言い放った。

二階堂は「ハイ？」と言ったまま固まり、数秒のち「ハッ⁉」と言いながら我に返った。それと同時に座っていたデスクチェアからずり落ちかけながら「えっ！　なんでオレ⁉」と叫んだ。

「何でって、二階堂くん体張ってくれるんだよね？」

志朗が追い打ちをかける。

「いやいやいやいや、いや張りますけども！　張り方！」

「二階堂くん、めちゃくちゃ憑依《ひょうい》される体質でしょ。だからキミが６０４号室に行って、桃花ちゃんをくっつけてくるというのでどうかな、と……」

「そんなことできるんすか⁉　てかまず桃花ちゃん、オレみたいなよく知らんやつのとこに来ます⁉」

「大丈夫、二階堂くん子供に好かれるし、そこは来るように工夫しますし。ねぇ、鬼頭さん」

鬼頭がこくこくとうなずき、メモ帳に『わたしもそれが現状ベストだと思います。お願いします』と書いて突き出した。

「鬼頭さんがそうおっしゃるなら、私からもお願いします」

美苗もそう言って頭を下げる。

「な、内藤さんに言われるとな……うーん」

歯切れの悪い二階堂に、志朗が「そんなに危ないことにはならないと思うなぁ」と言った。

「マジすか？」

「まぁ、何かあったら部屋から出たらいいわけで」

「そんなんでいいんすか？　うーん、じゃあ……」

「あっじゃあ決定の方向でいい？　二階堂くんオッケー出た？　ていうかこれさすがに通常業務外だよね？　この物件関連の案件だから管理会社に請求書送ったらいい？　二階堂くんいつ時間とれる？」

「次々聞かないでくださいよ！　流されちゃうから！　……よ、嫁に……嫁に電話していいすか……」

「そんな今生の別れみたいなこと、せんでもええよ」

「二階堂さん、結婚してたんですか⁉」

そんな場合じゃないと思いつつも、黒木は驚いてしまう。

「そこそんな驚くとこっすか⁉」

「いやほら、二階堂さん若いし、なんていうか……なんかショックだな……」

「なんかショック、わかる」

志朗がうなずく。「で、黒木くんも二階堂くんと一緒に604号室に入ってください」

今度は黒木が動揺する番だった。「はい⁉」

「二階堂くん、憑依されたら動けなくなっちゃうかもしれないから、そうなったら抱えて出てきてほしいんだよね」

「まぁそれは……二階堂さんくらいの体格の人なら持ち上げられるとは思いますが」

と言いながら、黒木は席を立って電話をかけ始めた二階堂を見た。以前抱き上げて運んだことのある志朗よりも小柄だから、さほど苦もなく持ち運べるだろう。もっとも、本人が暴れたりすれば話は別だが。

「あの志朗さん、俺自身は大丈夫でしょうか……？」

「前、加賀美《かがみ》さんにもらった御札が残ってるから大丈夫でしょ。アテにしとるよ」

以前世話になった霊能者の加賀美春英《はるえ》のことは、黒木も一応知っている。多忙で直接助力を乞《こ》うのは難しいようだが、志朗が「ボクなんかよりも断然すごいよ」と評す人物だから、御札もアテにはなるだろう。とはいえ、怖いものは怖い。

黒木が厭な汗をかいていると、電話を切った二階堂が、「がんばれって……」と言いながら戻ってきた。

「おっ、奥さん？　鶴の一声じゃなぁ」

「マジで頼みますよ⁉　ちゃんとサポートしてくださいよ⁉」

「うん、その辺なんかこう……アレだ、いい感じにするけぇ……まぁ、大丈夫大丈夫」

「すごいフワッとしてるじゃないすか！」

鬼頭が志朗の腕をトントンと叩き、また呼吸の音だけで何事かを話しかけた。志朗は黙って聞いていたが、少し考えてから「うーん、大丈夫ですよ。なんとかなるでしょ」と答えた。

「なん、何の話すか⁉」

「いやいや、大丈夫大丈夫。ボクの話だから二階堂くんはそんな、ちょっと関係あるかもだけど」

「もおおおおお」


ともかくも打ち合わせを終え、美苗は何度もお辞儀をして帰宅した。

「桃花のところに行かないと。皆さん、本当にありがとうございます。よろしくお願いします」

「わっ、わっかりました！」

すでに緊張の面持ちの二階堂に、「今からそれじゃ保たないよ」と志朗が笑いながら声をかける。決行は明日の朝と決まっていた。

「二階堂さん大丈夫ですか？」

黒木が尋ねると、二階堂は「だ、大丈夫っす」とうなずいた。

「オレも美苗さんや桃花ちゃんの力になれるんだったらなりたいですし。つーかうちも娘いるんで、めちゃくちゃ気になるんすよ」

「娘いるんですか二階堂さん⁉」

驚いている黒木の横で、鬼頭がメモに何事か書きつけた。

『わたしも帰ります。大丈夫。みんなでやればきっと上手《うま》くいきます』

そう書いた紙を顔の前に出す。それから呼気だけで何か言った後、お辞儀をしてマンションを出て行った。

「鬼頭さん、最後何て言ってたんすか？」

二階堂が志朗に尋ねる。志朗は「褒められた」と答えて笑った。

「シロさん、人にものを頼むのが上手ですねって。嫌味じゃないんだよ。鬼頭さんが声出なくなったの、ひとりで頑張り過ぎたからだからね。じゃあボクもやることがあるんで失礼します」

志朗はそう言うと、慣れた足取りでエレベーターの方に歩いていった。

「黒木さん……これは笑ってもらっていいというか、むしろこれは笑うところっすよ……」

暗い顔でそう言われても、本当にそうやって笑ってもいいものかどうか、黒木には判断ができなかった。

憑依されやすい体質の二階堂が、目下心霊スポットと呼んでも差し支えないであろう604号室に突入しなければならない――というのは、本人にとっては由々しき事態だし、さぞ厭だろうとも思う。いくら「そんなに危ないことにはならない」と言われていたとしても、怖いものは怖いだろう。気の毒だし、同情してもいる。

が、いかんせん絵面が愉快なのだ。それでさっきから黒木は、微妙な表情をしながら口の中の肉を嚙《か》んでいるのだった。

「桃花ちゃんが寄ってきやすいように、愛用していた品を貸してほしいんですが」と志朗に頼まれた美苗が持ってきたのは、体長50センチくらいのうさぎのぬいぐるみだった。手を塞《ふさ》がずに持ち歩けるように、今は二階堂の背中に紐《ひも》で括《くく》りつけられている。かくして心霊スポットの前に、うさちゃんをおんぶしたスーツ姿の男が登場することとなった。

美苗は904号室の応接室に、志朗と鬼頭と共に居残っている。もしも604号室やその下の階層に美苗を待っているという エプロンの女性がいるとしたら、彼女がここに来るのは危険だ。

「内藤さんが行くのは、やっぱりやばいものの巣を突っつくようなもんだよ」と志朗は言い、「ところで二階堂くん、ボク見えないけど今たぶん愉快な格好になってるよね。だって気配が愉快だもんね」と続けて噴き出した。

鬼頭は肩を震わせながら『わたしも美苗さんといっしょにいます。念のため身代わり人形どうぞ』とメモを書いて、腕に抱きつくタイプの猿のぬいぐるみを二体渡してくれた。ところが黒木の腕が太すぎて上手くはまらず、それらも二階堂が持ち運ぶ羽目になった。その結果、うさちゃんを背負っておさるさんを両腕につけた、よりファンシーな姿に進化してしまったが致し方ない。

黒木は加賀美春英のくれた御札をワイシャツの胸ポケットに忍ばせている。これがあれば、大抵のものは寄ってこないだろうと志朗は言う。そうでなければ困る。いざというとき、搬出係の自分が動けないのでは万事休すだ。

「黒木さん、早いとこ行きましょう。さっきから入居者さんの視線が痛いんで」

万が一にも誰かが604号室に入ってこないよう、立ち入り禁止のテープを廊下に張っていた二階堂が作業を終え、妙に据わった目をして言った。

「そ、そうですね……」

黒木はスマートフォンを取り出して、志朗に電話をかけた。自分はワイヤレスイヤホンをつけ、904号室からの指示を聞けるように準備をする。

「そろそろやります」

『はい。お気をつけて』

イヤホンから志朗の声が聞こえた。

カードキーは黒木が持たされている。深呼吸をひとつしてから「開けます」と言って後ろを振り返ると、「ッス！」と二階堂が応《こた》えてうなずく。カードをかざすと「ピピッ」という電子音がした後、鍵《かぎ》が開く音がした。

黒木は６０４号室のドアを開けた。

冷たい空気が漂い出てきた。新築そのままの建材の匂いがする。完成当時からずっと空き部屋というのはどうやら本当らしい。

そして、「厭な感じ」がする。

「どこで見たんすか、黒木さん……」

「角のあの辺だから、ええと」黒木は間取りを頭の中で反芻《はんすう》する。「奥の洋間です」よりによって一番玄関から遠い部屋である。

『靴、脱いだ方がいいと思う』

志朗が指示を出す。室内でも通話が可能だったことにひとまずほっとして、黒木は胸を撫《な》で下ろした。

『土足で入ったら怒られそうな気がする。刺激したらよくないんで』

「わかりました」

三和土で脱いだ靴を、一度玄関を開けて外に放り出す。出るときには靴など履く時間も惜しいかもしれない。かといって、この部屋に自分が身につけていたものを残していくことにも抵抗があった。自動的に閉まった玄関の鍵は、内側から改めて開けておいた。

「中に入ります」

『わかった。リビング入ったら名前呼んでみて。桃花ちゃんの』

廊下の奥のドアを開けて、黒木はリビングに足を踏み入れた。開けっ放しのドアから、二階堂がそれに続く。

入居者のいないリビングには何もない。右手の壁には洋間とを隔てる磨りガラスが入った引き戸があり、そこもきちんと閉まっていた。大きな掃き出し窓からは太陽の光が差し込んでいる。なのに部屋の中はなんとなく暗い。

黒木は息を吸い、思い切って「桃花ちゃん」と呼びかけた。思いのほか声は大きく聞こえ、残響が何もない部屋に木霊《こだま》した。

そのとき引き戸の向こうで、ととっ、と足音のような音が聞こえた。

黒木は二階堂と顔を見合わせた。どうやら二階堂にも足音は聞こえたらしい。

『洋間。いるね。桃花ちゃん』

志朗が言う。おそらく今、巻物を広げて６０４号室を「よんで」いるのだろう。言葉が切れ切れで余裕が感じられない。

『他のは見てるだけ。静かだね』

そう言われた途端に、背中や頭の上に害意を持った視線らしきものを感じてしまう。黒木は心の中で、気のせいだと自分に言い聞かせた。

もっとも黒木自身に限っていえば、加賀美の御札を持っているからよっぽどのことがなければ大丈夫、なはずだ。少なくとも志朗と鬼頭は太鼓判を押していた。加賀美春英という人物は、彼らの間では相当な有名人らしい。

問題なのは二階堂の方だった。今、彼が持っているお守りらしきものは、鬼頭のくれたぬいぐるみ二体のみだ。

となれば、やはり先陣は自分が切らなければならない。

「洋間、入っていいですか？」

イヤホンの向こうで少しの間沈黙が満ちた。今は「よむ」方に集中しているのかもしれない。待っていると、ややあって『いいよ』という声がした。黒木は思い切って、洋間に通じる引き戸を開けた。

磨りガラスの向こうに人影はない。

人の姿はなかった。

だが、パタパタッという軽い足音が、すぐ目の前を通り過ぎた。足音は小さな震動を伴っていた。背中を冷たい手で撫で上げられたような、ぞっとする感覚が走った。

黒木はまた深呼吸をする。本当なら今すぐ逃げ出したい気持ちを抑えて、部屋の中を見渡した。

八畳ほどのフローリングの部屋には、もちろん何も置かれていない。右手の壁一面はクローゼットになっているが、その中も空っぽだろう。

対面の壁には窓がある。黒木が桃花の姿を見つけた窓だ。

「あの窓っすよねぇ、黒木さん」

二階堂がそう言いながら、じりじりと洋間の中に移動する。

「桃花ちゃん」

声をかけたが返事などはない。自分が小さな子供だったらどうするだろうか？　と黒木は考えた。もうそんな時期は遠い昔に置いてきてしまった。

もしもよく知らない大人がふたり、突然目の前に現れたら、子供は怖がって隠れてしまうかもしれない。「知らない人」ではないとわかってもらう必要があるかもしれない。

「ええと、桃花ちゃん、えーと」

幼い子供にどうやって話せばわかってくれるだろうかと考えながら、黒木は自己紹介を続ける。「俺のことわかるかな？　えーとアレだ、前にそこの窓から手を振ってくれたよね。実は桃花ちゃんのお母さんに頼まれて、桃花ちゃんのことを迎えにきたんだけど……」

いかにも不審者の口上らしくなってきたことに絶望しかけたが、自分ではなく二階堂のところに行ってくれれば、と思い直す。彼の方が子供の扱いに慣れているだろうし、見た目も恐くない。視線を移すと、二階堂は窓辺ではなく、クローゼットの近くにしゃがんでいた。

「二階堂さん、どうかしました？」

「く、黒木さん、その、この辺なんすよね」

二階堂が絞り出すような声で答える。「この辺の真下なんすよ、あの……あれが埋まってるのが」

きっとこの部屋では名前を呼ぶことができない、あの人形の話をしている。

「や、やりたくてその」

二階堂は両手で床をひっかいている。フローリングの床と、爪の擦れる音が聞こえる。

「オレね、やりたくて、やってるわけじゃ、な、ないんすよ。マジで。ただアレなんすよ、やっぱりね、出たがるんすよ。こっちに来たいって。な、内藤さんに聞いたことがあって、前の家で亡くなった人が畳を、畳をひっかいた痕《あと》が、掘ったみたいに」

二階堂の爪が、フローリングの溝にひっかかって硬い音をたてた。このままでは爪が剝《は》がれてしまう。

「に、二階堂さん！　立ちましょう！　立ってください！」

黒木は二階堂の両脇に腕を入れ、強引にその場に立たせた。二階堂が「はーっ」という声と共に息を吐き出す。

そのとき黒木は、二階堂の腕にくっついていた猿のぬいぐるみが、一体なくなっていることに気づいた。

二階堂を押さえたまま周囲の床を見る。何もない部屋だ。ぬいぐるみが落ちていれば見落とすはずがない。

床から何かが這《は》いあがるように、冷気が足を伝って上ってくる。

「し、志朗さん！　どうしましょう⁉」

『待って。そのまま』

イヤホンの向こうから声がした。

「外出た方がよくないですか⁉」

『いや、桃花ちゃんを連れて出たい。その場でもう少し待って。近くにいる』

「近くにって……全然見えないですけど……」

『いるから』

「なぁ〜これやっぱやばいんじゃないすかねぇ」二階堂の声が震えている。「なんかマジでいますもん。何か来るってマジで」

「志朗さん、一旦撤収していいですか!?」

『待って』

「い、いつまでですか?」

『まだ』

「まだって言われても」

その時イヤホンから、聞いたことがない女の、

『逃げないで』

という声が聞こえた。

直後、通話が切れた。

「志朗さん!?」

こつん。

洋間の外から音が聞こえた。

こつん。こつん。こつん。

廊下の方からだ、と思った瞬間、大きな音を立てて廊下へと続くドアがひとりでに閉まった。

「やばいって」

羽交《はが》い締めにされたままの二階堂が呟いた。黒木のこめかみから汗が一筋垂れる。力の抜けた二階堂の体がずるりと落ち、黒木は慌てて抱えなおそうと下を向いた。

そのとき、視界の隅に赤いスリッパを履いた足が見えた。

下を向いたまま、黒木は固まった。ついさっきまで、あんなものはなかった。この部屋にいるのは自分と二階堂だけのはずだ。他に人間はいなかった。

でも、誰かが立っている。

赤いスリッパにベージュの靴下。脛《すね》を半分隠す長さの白っぽいスカート。スリッパと同系色のエプロン。気のせいではない。

黒木は固まったままでいた。動けなかった。もしも何かのはずみで少しでも顔を上げてしまったら、あれと目を合わせてしまう。

そうなったらきっと、取返しのつかないことになる。黒木は直感的にそう思った。

二階堂がまた「はーっ」と声を出して大きく息を吐いた。直後、ぱた、という音がした。視界の隅にあった女の足が、一歩こちらに近づいていた。

「どうして邪魔するの」

女の声が聞こえた。思いがけず柔らかく、でも氷のように冷たかった。

「何がいけないの？　わたしもしいちゃんも、家族をもう一回作り直そうとしているだけなのに、どうして邪魔されなくちゃいけないの」

ぱた、ぱた。

再びスリッパが近づく。赤いエプロンがすぐそこまで迫っている。

あれがきっと美苗の義姉だ。「すごい主張してくる」と志朗が言っていた人物。彼女がこちらに近づいたために、彼女の体の横にだらりと垂らした手までが黒木の視界に入った。

黒木は抱えている二階堂の背中のうさぎに目の焦点をあわせ、ほかのものが目に入らないようにした。女の姿を見たくない。なのに、なぜか女の手はくっきりと視界に食い込んできた。きちんと爪を切りそろえていることまでわかる。目を逸らすことができない。

逃げなければ。そう思っても体が動かなかった。

突然、黒木の方に女の手が差し出された。二階堂を支えたまま固まっている黒木の左手首に、ほっそりとした手が触れた。凍えるような感覚が、心臓を目指すかのように手首から腕へと駆け上がってきた。

そのとき、ばちんという音がした。同時に黒木は、加賀美の御札を入れているワイシャツの胸ポケットの中で、極小の爆弾が破裂したかのような衝撃を感じた。女の手が、何かにはじかれたように黒木の手首から離れた。

下を向いたままの黒木の視界に、横からもうひとつ、手が現れた。しわのある、老年にさしかかった男のもののように見えた。それが女の手首をつかんだ。

「おとうさん」

女がそう言ったとき、ふたつの手がぱっと黒木の視界から消えた。

「ふぉっ」

二階堂が気の抜けたような声をもらした。緊張状態から、急に力が抜けた。黒木は二階堂を抱えたまま床に尻餅《しりもち》をつきそうになり、慌てて堪えた。

体が動いた。とっさに見まわした部屋の中にはもう、自分と二階堂以外誰の姿もない。そのことを確認して、黒木は大きな溜息をついた。

そのとき、電話が鳴った。

黒木は慌ててスラックスのポケットからスマートフォンを取り出した。志朗ではない。登録されていない番号からだ。再びしゃがみそうになる二階堂を片腕で支えながら、黒木は逡巡《しゅんじゅん》した。出るべきか否か。

「よし！」

迷っていてもしかたない。黒木は一声気合いを入れると、「通話」をタップした。

『ごめん黒木くん！　電話切れた』

志朗の声が聞こえた。『通話、スピーカーにして！』

「は、はい！」

こんなときは自分の動作がひどくもどかしい。震える指先でスピーカーのアイコンをタップすると、イヤホンではなくスマートフォン本体から声がした。志朗ではない。

『桃花！　うさちゃんだっこして！』

美苗だ。

「ぎっ」

二階堂が妙な声を上げた。「来た来た来た」

「何⁉」

『入った！　黒木くん、外に出て！』

「そ、外に」

狼狽《ろうばい》しながらも、黒木はポケットにスマートフォンを戻し、さっそく動きがままならなくなった二階堂を肩に担いだ。予想していたよりもずっと重い。桃花が一緒に乗っているからだ、と自然に悟った。リビングに飛び出し、廊下に出ようとドアノブに手をかけたその時、廊下からまたこつん、と音がした。

思わずドアノブから手が離れる。

廊下に何かがいる。


こつん、こつん、こつん、こつん、こつんこつんこつんこつこつこつこつこつ

『五つカウントする』

硬直している黒木の耳に、志朗の声が届いた。『ゼロでドアを開けて、スマホを前に突き出して。廊下を見ないように』

「は、はい」

『五』

黒木は右手の汗を太腿《ふともも》でぬぐい、スマートフォンを持った。

『四』

「二階堂さん、なるべく掴まっててください」

声をかける。

『三』

二階堂の体を左腕と首で支えながら、何とか空けた左手を伸ばす。

『二』

左手でドアノブを掴む。

『一』

薄目を開け、ドアノブを捻る。

『ゼロ！』

黒木はドアを開け、目を閉じると同時に右手に持ったスマートフォンを前に突き出した。その途端スマートフォンから、

『どぉ――――――――――――――――ん』

という、大音声が響き渡った。

廊下にいた何かの気配がぱっと散った。スピーカーからは『は、走って！　出て！』という

女の声が続き、その後ひどく咳《せ》きこむ音が続いた。

黒木は二階堂を抱えて、リビングから廊下へと飛び出した。背後でまたひとりでにドアが閉まった。


顔を伏せたまま廊下を走り抜けた黒木は、玄関からマンション共有の廊下に飛び出した。すぐ後ろで、玄関の鍵が閉まる音がした。何者が閉めたのか、そんなことはもうどうでもよかった。二階堂を担いだまま尻餅をつき、口の中に溜まっていた空気を一気に吐き出す。凍っていた全身の血が一気に溶けるような心地がした。

二階堂の腕からは、いつの間にかもう一体のぬいぐるみが消えている。あの部屋のどこでなくしたのか、確認しに戻る気はなかった。

『もしもし！　大丈夫ですか!?』

スマートフォンから声が聞こえた。

『内藤です。タクシーを呼んだので、一階に下りてきてください。そのまま病院に――あの』

声を震わせながら、美苗は『桃花、連れてこられたんでしょうか』と尋ねた。それに二階堂が答えた。

「だ、だいじょぶっす。う、うさちゃん……うさちゃんがよかったっすね……ふーっ」

以前904号室に転がり込んできたときと同じく、顔色がひどく悪い。黒木は美苗に「一階に向かいます」と伝え、二階堂を背負い直してエレベーターに向かった。

美苗は鬼頭と共に、九階から降りてきたエレベーターに乗っていた。

「黒木さん、私たちが二階堂さんを桃花のところに連れていくので、904号室に戻っていただけますか？　これ、施錠するのに勝手に持ってきてしまったんですが」

美苗がそう言って904号室のカードキーを差し出す。

「桃花は鬼頭さんが何とかしてくださるそうなので……あの、志朗さんの方を」

そう言われて、黒木はようやくその場に志朗がいないことを不審に思った。


904号室にはゆるぼの稼働音だけが響いていた。

「志朗さん……うわ」

志朗は応接室の床に耳を押さえて転がっていた。ゆるぼが何度も体当たりしているが動かない。巻物はテーブルの上に広げっぱなしになっている。

「志朗さん？　大丈夫ですか？」

応答はなかった。

黒木が近づいても反応しない。かがんでおそるおそる肩を叩いてみると、ようやくそろそろと右手が上がった。

「黒木くん？　悪いね、今耳が聞こえんのよ……鬼頭さんの鬼頭砲、同じ部屋で聞いちゃってね……想像してたより倍やばかった」

「あれ鬼頭さんだったんですか⁉　って、聞こえないのか」

志朗と会話が成立するまで、その後三十分近く待つことになった。なんとか黒木の声が聞き取れるようになった後もまだ本調子には戻らないらしく、志朗はよろよろと立ち上がるとソファを手探りし、崩れるように座り込んだ。

「あのどーんってやつ、鬼頭さんの声だよ」

「本当ですか!? あれが声って――というかそもそも鬼頭さん、声が出ないんじゃなかったんですか？」

「実際ほとんど出ないらしいよ。普通にしゃべってたらすぐ掠れちゃうって。だから、ここぞというときのために温存してるんだって」

「はぁー」

「三年間あったためてただけあったね……」

志朗は聴覚がかなり鋭い。あの大音声には、さながら目の前で閃光弾《せんこうだん》が炸裂《さくれつ》したような効果があったらしい。そういえば「相性が悪い」と言っていたな――と、黒木は昨日の会話を思い出した。

「ところで志朗さんが聞こえてない間に、鬼頭さんからメールが届きました。無事終わって、桃花ちゃんも目が覚めたそうです。二階堂さんが泣いて大変だって」

「なんで二階堂くんが泣くんじゃ。よかったねぇ」

志朗はまだ頭を抱えていたが、それでもほっとしたらしくヘラヘラと笑っている。黒木もようやく現実に戻ってきた実感を得つつあった。

「604号室、結構危険でしたよ」

黒木は文句を言いながら、胸ポケットから畳んだ御札を取り出した。広げてみると、御札の下半分が焦げたかのように黒く変色している。思わず「うっ」と声をあげた黒木に、志朗は「あー、ほんとに思ってたより危なかったねぇ」と飄々《ひょうひょう》とした調子で言った。

「志朗さんこれ、本当に危険だったんじゃないですか⁉」

「ごめん！　いや、ボクは鬼頭さんのアレ知ってたけぇ、何かあっても大丈夫だろうと思ってたんですよ。でも切り札は隠すものだからね」

「怖かったんですから……今度二階堂さんにも謝っといてくださいよ」

「そうだねぇ」

志朗はあまり反省していなそうな口調で相槌《あいづち》を打つ。そのとき、
ぱた
リビングの方から足音のような音が聞こえた。

「他に誰かいるんですか？」

「誰もいないよ」

志朗がそう答えたそばから、またぱたぱたと音がした。黒木の脳裏にふと、スリッパを履いた小柄な女性が、リビングの中を歩きまわっている絵面が浮かんだ。

「でも」

「しーっ。気にしたら負け」

そう言いつつ、志朗は黒木を手招きすると、耳元で「内藤さんを捜してるんだよ」と囁《ささや》いた。

足音はしばらく続いた。


病院から戻った二階堂は、正午前に９０４号室を訪れた。

「シロさあぁん！　そんなに危なくないって話は何だったんすかぁ！」

「ごめんねぇ二階堂くん。おつかれ」

「何なんすかあれ……ていうかシロさんも顔半分死んでないすか？　やばくないすか？」

黒木が事情を説明すると、二階堂はやはり「あのどーんって鬼頭さん!?」と驚いた。志朗が普段よりも弱っているせいで怒りが半減したらしい二階堂は、「まぁ〜アレだ、無事だったからいいすよ」と言って、若干不満そうに口をつぐんだ。

「いやぁ、二階堂くんも大活躍じゃったね」

志朗は二階堂を手招きし、ごく近くで「動くな」と呟くと、いつものように肩から何かをつまんで捨てるような動作をした。例によって何かくっついていたらしい。

「またちょっと残ってるな……黒木くん、ゆるぼ持ってきてくれる？」

「要るんですか？　きれいに見えますが」

「いやぁ、９０４号室って前より一階に近いけぇ、時々こうやってつまんで捨てたやつが消えないで残るんだよね。そのうちそこまでの影響はなくなると思うけど」

「じゃ、その残ったのをゆるぼで吸ってるんですか⁉」

部屋を出ようとした黒木は、思わず足を止めて振り返った。

「えっ、まず吸えるんですか？　普通の掃除機ですよね？」

「普通に買ったよくあるメーカー正規品だよ。まぁ、期待してた量の七割くらいは吸ってくれるかな」

「結構吸うんだ……」

「しょっちゅう止まっちゃうけどねぇ。昔のよみごは箒《ほうき》で掃き出してたんだけど」

「なんか、それとロボット掃除機ってかなり違う気がするんですが……」

それでも、よみごの志朗がそう言うのならそうなのだろう。何もわからない黒木には、そう思うよりほかにない。

充電を終えていたゆるぼは、応接室に連れてこられるなり、塵《ちり》ひとつないように見える床の上を元気に滑り出した。

「こいつ、変なもの吸い続けて大丈夫すか？　変異とかしません？」

二階堂がゆるぼを指さす。志朗は「どうかなぁ」と答えて笑った。

「ところでその様子だと、桃花ちゃんは無事に抜けたらしいね」

「そっすね。鬼頭さんが抜いてくれたんすけど、オレも運び屋として役目をまっとうした感じっすわ。いやー、めっちゃ感動しちゃった」

「これから大変でしょうね」

黒木の口から、ぽろっとその言葉が洩《も》れた。二階堂がこちらを振り向き、「ま、そっすよね」と言った。

「だって体は十三歳だもん。そりゃ大変っすよ〜。ていうかまず寝たきりだったから、座ったりするだけでも大仕事みたいっす。いやー、どうなんのかな。学校とか色々……でもやっぱ、戻ってよかったっすよね」

「……ですよね」

「っすよ！　内藤さんもすげぇ喜んでたし。あの人すごいっすよ。覚悟の決まり方がハンパないもん」

美苗は、落ち着いたら改めて挨拶にくるという。桃花の退院がいつになるかはわからないが、いつか顔を見て挨拶させたいと言っていたらしい。

「あと鬼頭さんが心配してましたよ、シロさんのこと」

「あぁ、ボク倒れてたからね。あとで連絡入れなきゃ」

「それもっすけど、今回のことは獣の巣をいきなり突っついたようなものだから、日頃からヘイト集めてる志朗さんとこに影響があるかもしれないって」

「鬼頭さん、そんな心配してくれたんだ。優しいねぇ――まぁ、その時はその時ですよ」

ゆるぼがエラー音を鳴らし始めた。志朗が立ち上がったが、まだ本調子ではないらしくすぐにまた座り直して、「これ一日残るなぁ」とぼやいた。

通常業務がある、というので二階堂は９０４号室を出ていった。が、少しして自分のスマートフォンを印籠《いんろう》のように掲げながら戻ってきた。

「ちょっ、ちょっ聞いてください！　スピーカーにするんで」

電話の向こうから『ほら、桃花』と美苗の声がした。それに続いて、舌足らずで掠れた女の子の声が、それでも確かに、

『ありがとう』

と言ったのを、黒木は聞いた。

「もぉ～、よがっだ～」

二階堂が鼻をすすり出した。


午後からは通常通りに来客が入り、志朗は何人かの常連に体調を心配されながらその日の予定を終えた。

午後六時過ぎ、鬼頭が管理人室を訪れたと二階堂から電話がかかってきた。

『なんか用事があるっぽいですけど、シロさん来られます？』

「管理人室でしょ？　それなら大丈夫」

かなり回復した足取りで志朗が立ち上がった。ちょうど退勤するところだった黒木も付き添うことにした。

鬼頭は病院から一旦自宅に戻っていたらしい。『皆さん、今日はありがとうございました』というメモを見せると、深く頭を下げた。

「鬼頭さんもありがとうございました」

『シロさん、耳聞こえるようになりましたか？』

「もう大体普段通りですので、ご心配なく」

鬼頭はうんうんとうなずくと、肩にかけていたカバンからぬいぐるみを一体取り出した。クレーンゲームの景品らしい、人気アニメの主人公のぬいぐるみである。それを志朗に押しつけ、ぱくぱくと口を動かした。

「すみません、もう一回言ってもらえます？　……あー、確かに来ました。内藤さんの兄嫁だった人でしょ、たぶん。面倒ですね、あの人」

鬼頭がうなずく。志朗は「すみません、いただきます」と言ってぬいぐるみを持ち直した。

「それじゃボクは部屋に戻るので。お疲れ様でした」

志朗はそう言って、白杖《はくじょう》をつきながら管理人室を出て行く。ドアから足を踏み出したところで「もう日が暮れたね」と独り言を呟き、すぐエレベーターの方に姿を消した。

「見えないのに日が暮れたとか何でわかるんすかね。屋内なのに」

と二階堂が言った。

それはさておき、外はもう暗い。黒木と鬼頭も帰宅することにして、サンパレス境町を後にした。

『では失礼します』

鬼頭があらかじめ書いてあったらしいメモを見せ、ページをめくる。

『ありがとうございました』

「いえ、こちらこそお世話になりました」

黒木がそう言う間に、鬼頭は新しいページにさっとペンを走らせた。

『黒木さんもお気をつけて』

「俺ですか」

『あの部屋に明日も行かれるんですよね』

「はぁ」

鬼頭は強調するように『お気をつけて』をぐるぐると丸で囲み、うんうんとうなずいた。

「は、はい……わかりました」

『では失礼します』

鬼頭は最後にもう一度お辞儀をし、黒木の住まいとは反対の方向へと歩いていった。

黒木も自宅に向かって歩き始める。帰り際に一度振り向いたが、六階の角部屋の窓に、もう人影は見えなかった。

エピローグ

志朗は普段よりもゆっくりと904号室を目指した。まだ物の位置がずれているような感覚がある。まったく本調子とはいかないようだ。体の重心もゆらゆらとブレている気がする。

(家に帰ったら電灯を点けて――いや、点けない。普段やらないことは今日もやらない。こっちはお前なんか気にしていないって態度でいないと駄目だ。普段と同じことをやって、同じように一日を終える。時間が経てば朝が来るわけだし)

これからやるべきことを頭の中で呟《つぶや》きながら904号室の前に立つ。カードキーを取り出して開錠し、玄関のドアを開ける。

「おかえりなさい」

無人の暗い部屋の中から、女の声がした。

志朗は声に応《こた》えず、足早に応接室に入ると手探りで巻物を持ち出した。リビングでスリッパの足音がする。応接室を出て玄関に向かう途中で、その足音は突然ぱたぱたぱたぱたと背後に迫ってきた。

志朗は駆け出したくなるのを堪えて靴を履き、最後に鬼頭からもらった人形を肩越しに放り投げた。玄関を出、ドアを閉めて鍵《かぎ》をかける。施錠される音を聞きながら、「しまった、財布持って出ればよかった」とぼやいてぐったりと息を吐いた。

だが、部屋に戻ろうとはしなかった。ドアから離れ、スマートフォンを取り出すと電話をかけ始めた。

「もしもし、二階堂くんまだ管理人室？　時間いい？　あのね、ダメです。904号室。そう、ダメになっちゃった。なるはやで元の部屋に引っ越していい？　悪いけど。はい」

志朗は電話を切る。ポケットにスマートフォンを仕舞い、壁に立てかけておいた白杖《はくじょう》を持ち直し、巻物を剝《む》き出しのまま左手に持って、エレベーターの方に向かって歩き出す。駅前のビジネスホテルなら、確かスマホ決済が利用できたはずだ――もう当分904号室で夜は過ごせない。

再びここに住むまでには何日か、何週間か、ひょっとすると何年もかかるかもしれない。それまでは手の届くぎりぎりの場所から、少しずつ削っていくしかない。

少なくとも自分にはそれしか手段がない、と志朗は知っている。

背後から何かに見つめられているような気がしたが、志朗は無視した。一階から上がってきた無人のエレベーターに乗り込むと、彼は九階を後にした。

本書はWeb小説サイト
「カクヨム」に掲載された作品「巣」（改題）を、
単行本化のため加筆修正したものです。

この物語はフィクションであり、
実在の人物・地名・団体等とは一切関係ありません。

・装画・なたり
・装丁・坂詰佳苗

尾八原ジュージ（おやつはら　じゅーじ）
山梨県生まれ。愛知県在住。2020年からWeb小説サイトのカクヨム等で活動。『５分で読書　ゼッタイに振り返ってはいけない』『１話ごとに近づく恐怖　百物語　５　畏怖の恐怖』「小説すばる　2024年６月号」「小説新潮　2024年８月号」『５分で読める！　誰かに話したくなる怖いはなし』等に短篇を掲載。23年、カクヨムにて発表していた「みんなこわい話が大すき」で第８回カクヨムWeb小説コンテスト〈ホラー部門〉大賞を、「タヌキの一期一会」で第３回角川武蔵野文学賞〈武蔵野×ライトノベル部門〉大賞を受賞。単著に、大賞受賞作を書籍化した『みんなこわい話が大すき』がある。

わたしと一緒《いつしよ》にくらしましょう

2024年10月30日　初版発行

著者／尾八原《おやつはら》ジュージ

発行者／山下直久

発行／株式会社KADOKAWA
〒102-8177　東京都千代田区富士見2-13-3
電話　0570-002-301（ナビダイヤル）

印刷所／旭印刷株式会社

製本所／本間製本株式会社

●お問い合わせ
https://www.kadokawa.co.jp/（「お問い合わせ」へお進みください）
※内容によっては、お答えできない場合があります。
※サポートは日本国内のみとさせていただきます。
※Japanese text only

定価はカバーに表示してあります。

ISBN 978-4-04-115328-4　C0093